相棒
Season12

Episode 1
「ビリーバー」

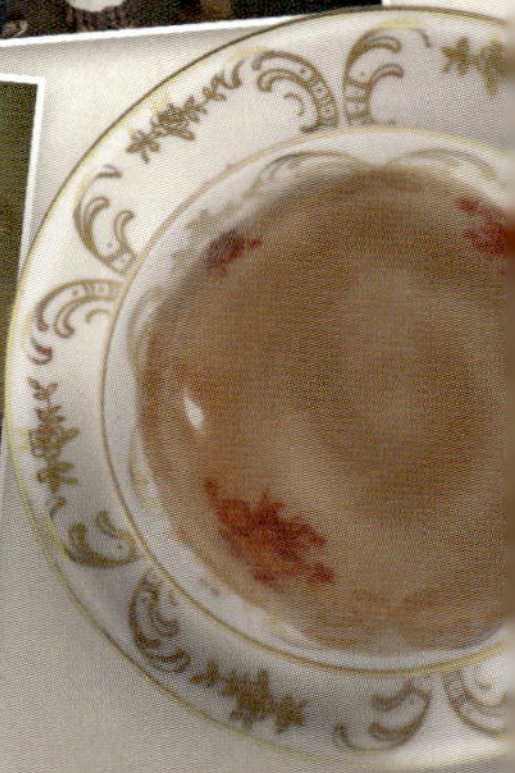

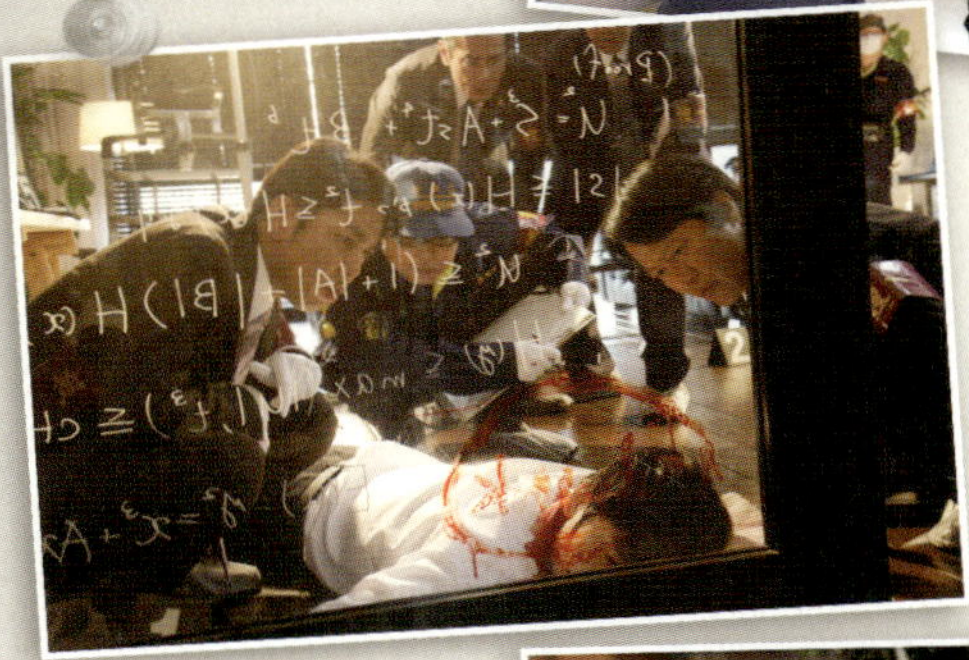

Episode2
「殺人の定理」

Episode3
「原因菌」

Episode4
「別れのダンス」

Episode5
「エントリーシート」

Episode 6
「右京の腕時計」

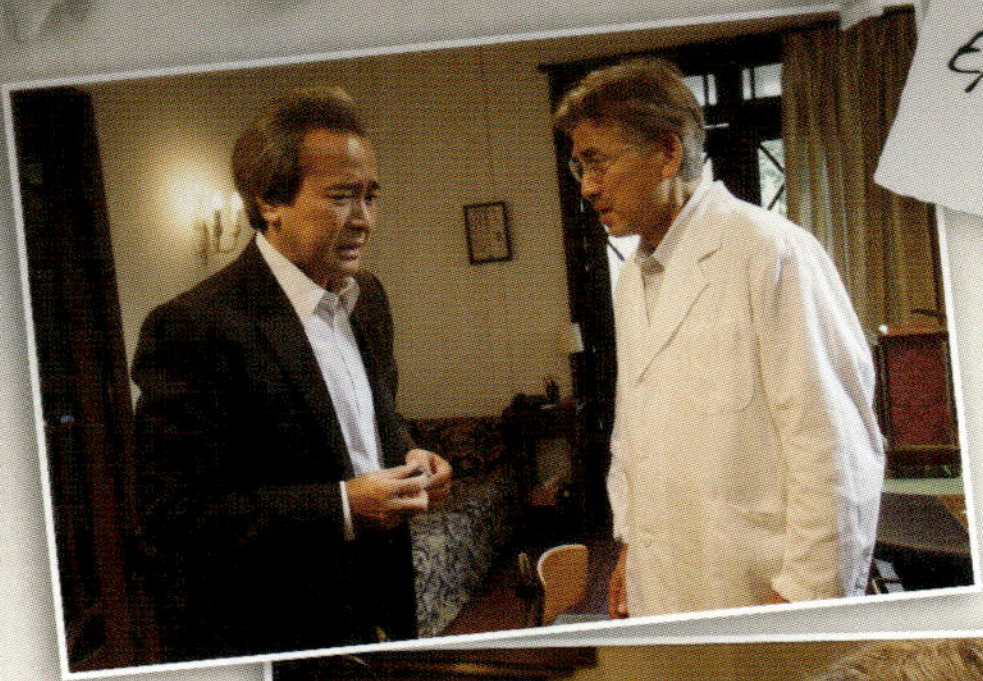

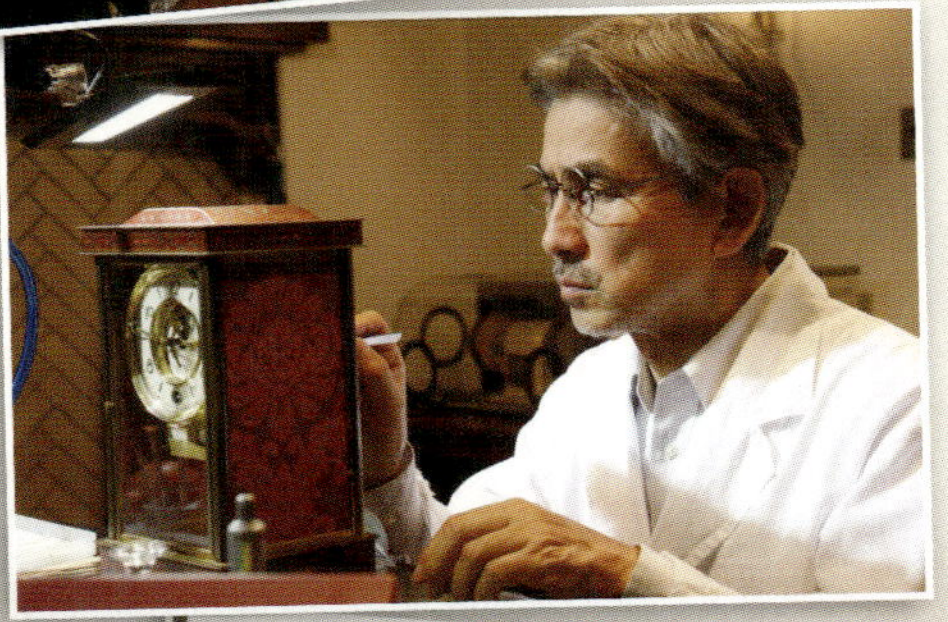

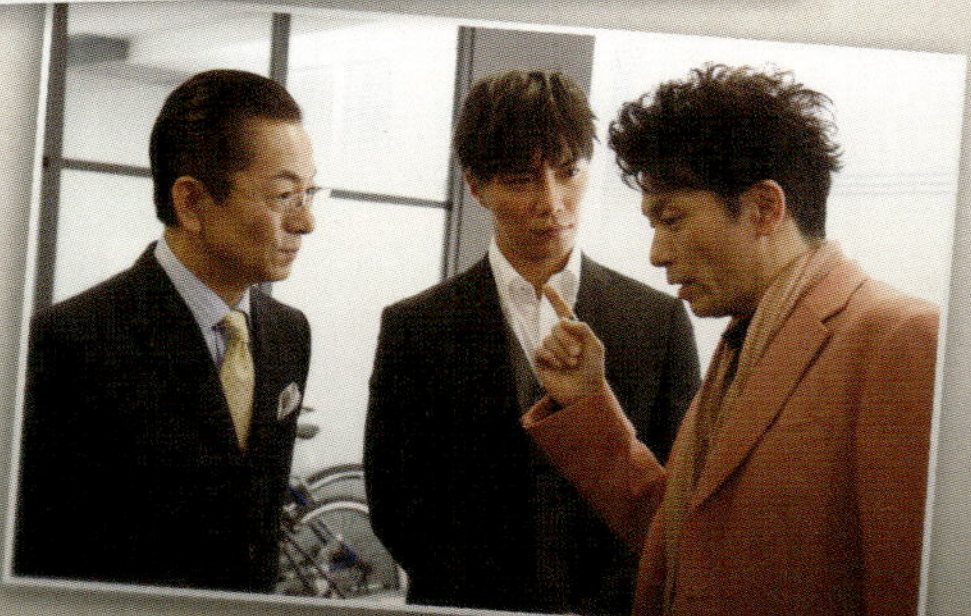

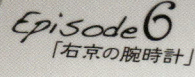

Episode 7
「目撃証言」

相棒 season12

上

脚本・輿水泰弘ほか／ノベライズ・碇　卯人

朝日文庫

本書は二〇一三年十月十六日～二〇一四年三月十九日にテレビ朝日系列で放送された「相棒　シーズン12」の第一話～第七話の脚本をもとに全七話に構成して小説化したものです。小説化にあたり、変更がありますことをご了承ください。

相棒 season 12 上 目次

装丁・口絵・章扉／藤田恒三

杉下右京　警視庁特命係係長。警部。

甲斐享　警視庁特命係。巡査部長。

月本幸子　小料理屋〈花の里〉女将。

笛吹悦子　日本国際航空客室乗務員。

伊丹憲一　警視庁刑事部捜査一課。巡査部長。

三浦信輔　警視庁刑事部捜査一課。警部補。

芹沢慶二　警視庁刑事部捜査一課。巡査。

角田六郎　警視庁組織犯罪対策部組織犯罪対策五課長。警視。

米沢守　警視庁刑事部鑑識課。巡査部長。

大河内春樹　警視庁警務部首席監察官。警視正。

中園照生　警視庁刑事部参事官。警視正。

内村完爾　警視庁刑事部長。警視長。

甲斐峯秋　警察庁次長。

相棒

season 12 上

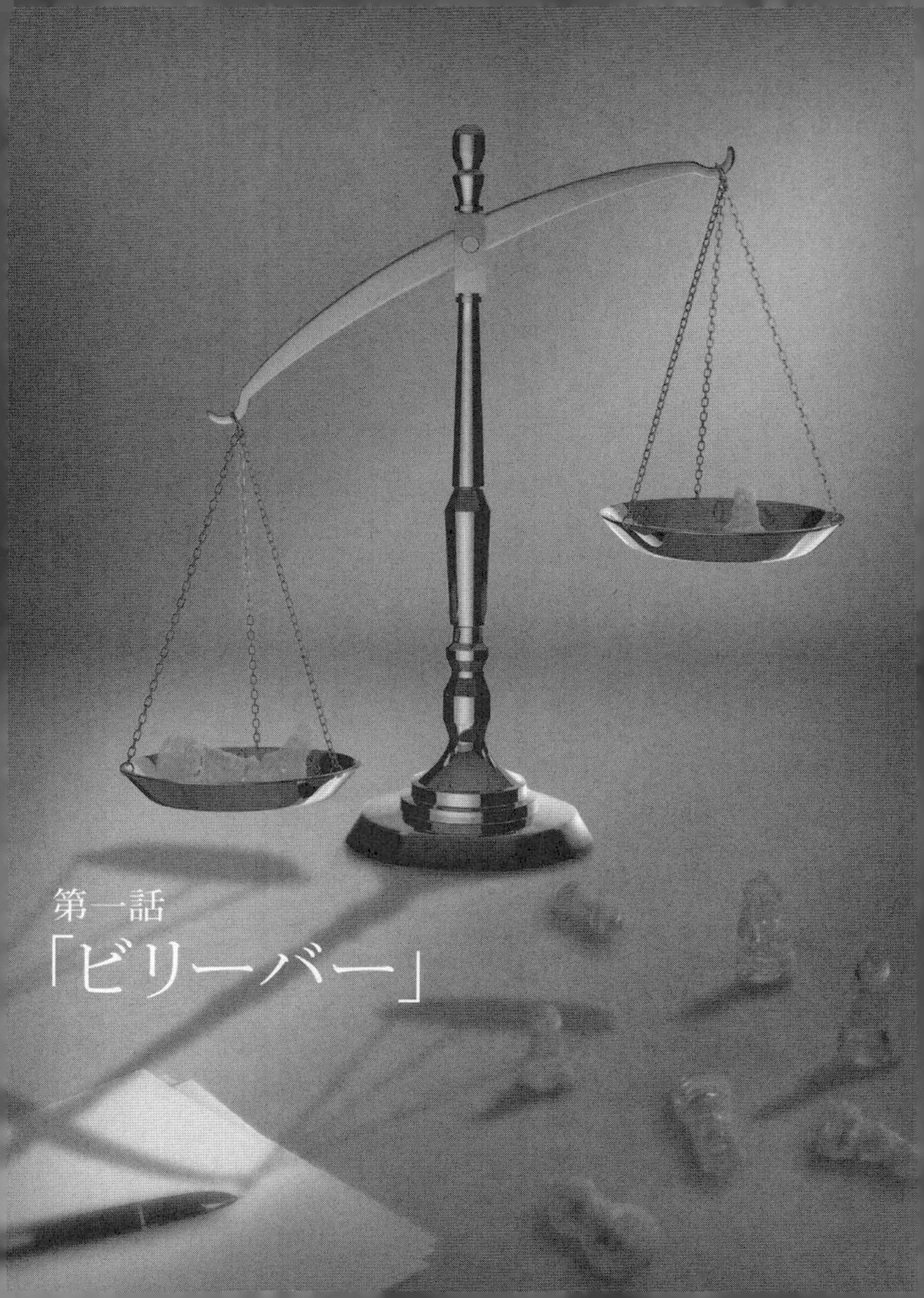

第一話
「ビリーバー」

一

街の灯が夜の闇を煌々と照らすなか、家路を急ぐ者、いそいそとデートに向かう女性、居酒屋に繰り出すサラリーマン、どこへ行くのやら黙々と先を急ぐ若い男……さまざまな人々がひしめき合う渋谷駅前の雑踏に、警視庁特命係の巡査部長、甲斐《かい》享《とおる》がひとり佇んでいた。

誰かと待ち合わせでもしているのだろうか。そのわりにはどこか心ここにあらず、というか、放心状態に近い頼りなげな表情をしている。

渋谷のこの時間ともなると、歩いている人々も、享と同じか、あるいはもっと若い世代の男女の比率が圧倒的に高くなる。その若者たちが享の右左《みぎひだり》を流れるように通り過ぎて行く。

やがて、背後から享の肩をポンと叩く者があった。振り向いた享は一瞬ポカンとした顔をしたが、すぐに相手を認め、満面の笑みで握手を求めた。その男は享より若い世代に属しているようで、ジーンズにワークシャツを羽織り、メッセンジャーバッグを斜めにかけている。二言三言、言葉を交わしたふたりは、頷きあって同じ方向に歩き出した。

その様子を物陰から窺《うかが》っている男がいた。享の上司で警視庁特命係の警部である杉下《すぎした》右京《うきょう》だった。ずっと前から享を見張っていた右京は、どこか解せない表情を浮かべながらも、ふたりの後を気付かれないように尾行した。

——カイトくんがおかしくなった?

——としか思えないんです。

カイトこと甲斐享の変化に戸惑って右京を喫茶店に誘い、相談をもちかけてきたのは、享の恋人である笛吹悦子《うすいえつこ》だった。最初は言いづらそうに、何か特命係で隠密に捜査しているのではないか、と訊ねてきた悦子だったが、右京に否定されて、ますます眉を顰《ひそ》めた。

——どうしてカイトくんがおかしくなったとお思いなのですか?

その根拠を訊ねられた悦子は、それなら内輪の話だからいいです、と話を打ち切ろうとしたのだが、

——いやいや、あなたがよくても僕はちっともよくありませんよ。だって気になるじゃありませんか。カイトくんがおかしくなったとしたら、それはそれで由々しき事態ですからねえ。

と右京に追及されて、仕方なくその顚末《てんまつ》を話し始めた。

それによると、発端は〈みんなの動画〉というインターネットの動画サービスらしか

った。今や誰でもインターネットを使って簡単に自分で撮影した動画を配信できる時代である。何千人という人が連日連夜、思い思いの放送をしているのだが、なかには何万人というユーザーがつく人気動画サイトもある。享がはまったのもそのうちのひとつ、〈火の玉大王〉というハンドルネームをもつ男が運営するサイトだった。悦子は持参したタブレットでその動画サイトを開き、右京にイヤフォンを預けた。画面では三十そこその男がヘッドセットをつけカメラに向かって語りかけていた。曰く、アメリカの9・11同時多発テロはアメリカ政府の自作自演であるという、いわゆる陰謀説を唱えていた。おまけに悦子によると、その火の玉大王は「アブダクティ」、すなわち地球外生命体に拉致された被害者であるというのだ。

——そんなこと、信じられます？

悦子に訊ねられて、右京は微妙な反応を示した。実はその手の超常現象的な話は嫌いではない方なのだが……。

——さすがにそこまでは。

首を振った右京に安心した悦子は、眉を曇らせて付け加えた。

——ですよね。なのに享ったら最近この人にはまっちゃって……でもそんなこと信じるタイプじゃないんです、彼は。陰謀だの宇宙人だの鼻で笑ってたのに。だから私、何か捜査に必要でこうしてるのかなって思って。だけどそうじゃないんだとしたら、やっぱりおかしくなっちゃったとしか……。

付かず離れずの距離を保ちながら、右京は享とその青年を尾行していた。青年は享をどこかに案内しているようだった。しばらくして目的地に着いた。そこは繁華街のなかの小さなビルの地下だった。

明るい照明に照らされた狭い階段を下ると、そこにはカフェがあった。アップテンポのミュージックが大音量で流れ、薄暗いフロアにはミラーボールによる光の川が流れていた。フロアの隅の方のテーブルで、若者たちが額を突き合わせるようにしてノートパソコンの画面を覗いていた。パソコンの正面には火の玉大王が座っている。自らの映像が映った画面に「何人来てるの?」とコメントが流れると、火の玉大王は、「六人。僕も入れて」とぶっきらぼうに答えた。「少なー」とコメントが流れた。

「すみませーん、カシオレ(カシスオレンジ)ください」

パソコンからわずかに離れた場所に座っている女の子が、空のグラスをかざしウェイターに声をかけた。長いストレートヘアをした一見高校生にも見える女の子は、どこか投げやりな態度で野菜スティックをディップに付けて頬張っていた。すかさず「女いるだろ? 声したぞ」と黄色い大文字が画面に流れる。

「女性もいるよ。でも駄目。彼女、顔出しできないから」にべもなく答えた火の玉大王は、脇に座って画面に見入っている享に突然振った。「〈ボンド〉さん、あなた相対性理論は信じていますか？」

「相対性理論って、アインシュタインの？　……信じるも信じないも、そもそもちゃんと理解してないし」

「理解なんてできませんよ。あんなもん、デタラメなんだから」

火の玉大王が苦笑いをしながら応えると、メガネをかけた神経質そうな男が口を挟んだ。

「相対性理論はアインシュタインの戯言《ざれごと》です」

「そうなんですかね？」

享が煙に巻かれたような顔で訊ねると、今度は享の隣にいる別の男が虚空に虚ろな目を据えて答えた。

「世界中が騙されてます。あんな奇妙奇天烈な理屈ありえない」

曖昧に頷く享の向こうから、さもつまらなそうにその会話を聞いていた女の子が大阪弁で言った。

「なあ、大王。ここは適当に切り上げへん？　また宇宙船、呼ぼうや」

意味深な目つきをした女の子に、薄笑いを浮かべた大王が頷いた。

——今夜も宇宙と交信ですかｗ

——空飛ぶ円盤映せ
——おぉぉぉぉぉ
——通報しましたｗｗｗ
など、独特なネット言葉が一斉に画面に飛び交った。
店を出た一行は、ビルの屋上に上がり、円陣を組んだ。円陣の真ん中に大王は夜の闇に真っ直ぐビームを伸ばす強い光源を置いた。そして若者たちはめいめいの足元に電子ランタンを置いて互いに手をつなぎ、
「ベントラー　ベントラー　ベントラー　ベントラー」
と意味不明の呪文を唱えながら、夜空を仰いだ。
——確かに、いささかおかしいですかねえ。
物陰に隠れてその一部始終を見ていた右京は、複雑な気持ちで悦子の言葉に同意していた。

二

その翌朝、都内屈指の高級ホテル〈プレンシャルホテル〉の一室で、男性の遺体が発見された。男は大東亜産業の専務取締役の高山哲治《たかやまてつじ》。遺体はホテルの従業員によって発見されたが、所轄署による現場検証では服毒をはかった痕跡があり、自殺の線が濃厚だ

った。さらに追い討ちをかけるように、本人の手跡《て》と見られる遺書が見つかった。

「自殺で決まりだな」

部下から報告を受けた刑事が言ったが、その部下が意外な反応を示した。

「それは間違いないと思いますが、中身が……」

受け取った遺書に目を落とした刑事の顔色がたちまち変わった。

同じころ警視庁捜査一課には、普段と何ら変わらぬ朝が訪れていた。

「おはよう」

手提げ鞄をぶらぶらさせ、ポケットに手を突っ込んだ捜査一課の伊丹憲一《いたみけんいち》が登庁してきた。伊丹は周りの刑事たちと挨拶を交わしながら自席に向かったが、目の前の係長席の前でふと足を止め、表情を硬くした。

「おはようございます」

伊丹が挨拶をした瞬間、そこだけにぎくしゃくした緊張が走った。

「おはよう」

係長席から挨拶を返したのは、かつての同僚、いまは係長に昇進して上司となった三《み》浦信輔《うらしんすけ》だった。どことなく不貞腐れた様子で席に着いた伊丹を一瞥した三浦が、席を立って伊丹に歩み寄り、小声で言った。

「伊丹、ちょっといいかな?」

喫煙スペースに赴いたふたりは無言のまま、お互い顔を背けながらタバコを吹かした。

「やっぱり、やりづらいかな?」

三浦が口火を切った。

「そんな事ありませんよ。慣れます、そのうち」

「慣れか……もう三か月以上経つけど、あの席にはちっとも慣れない。まだ尻がこそばゆいよ」

「そんな事ありませんよ。貫禄出てきましたよ」

いやに丁寧な言葉遣いをする伊丹に、三浦が苦笑した。

「タメ口でいいんだがなあ。少なくともふたりの時は」

「それじゃあケジメがつきませんから」伊丹がタバコを揉み消しながら付け加えた。

「あんまりつまらない事は気にしないでください。念願かなったんじゃないですか」

「受かるなんて思ってなかった」

「俺もです」立ち去ろうとする足を止めて、伊丹が振り向いた。「コツコツ勉強してたのは知ってましたが、まさか受かるとはこれっぽっちも」

「だよな。俺が警部補試験に合格するなんて」

伊丹は冷笑してわざとらしく頭を下げた。

「おみそれしました」

一方、特命係の小部屋では、真剣な顔でパソコンの画面を睨んでいた享が背後に上司の気配を感じ、ぶっきらぼうに訊いた。

「何か？」

「この記事がどうかしましたか？」

パソコンの画面には、大東亜産業の専務がホテルの一室で自殺した記事が出ていた。そして記事中の「遺書はなく自殺理由は不明」という箇所が、カーソルでなぞられ、反転表示されていた。

「いえ、別に」

そう言い捨てて、享はノートパソコンを閉じた。

その夜、いつもならば享とふたりして立ち寄る行きつけの小料理屋〈花の里〉のカウンター席に、右京はひとりで座っていた。そして盃と徳利を脇に置き、右京はノートパソコンを開いていた。

「あら、珍しい。ずーっとパソコン。何見てらっしゃるんですか？」

女将の月本幸子《つきもとさちこ》が右京の隣に座り、画面を覗いた。

「火の玉大王さんが、今インターネットで生放送をしてましてね。聴いてみますか?」

右京は幸子にイヤフォンを渡した。火の玉大王はカメラに向かって煽るような顔つきで自問自答をしていた。その言うところによれば、今年中に富士山は三百年ぶりに噴火する。それも自然現象ではなく人為的に。なぜかと言えば、世界遺産に認定されたから……またもや大袈裟な陰謀説である。

「この人、平気ですか?」

幸子がもっともな疑問を口にした。それに笑って応えた右京は、悪戯っぽい顔をした。

「フフッ、ちょっとコメントしてみましょうか」

右京がキーボードを叩くと、画面に〈初見〉という文字が流れた。

「はつみ?」幸子が首を傾げる。

「〈はつみ〉ではなく〈しょけん〉。『初めて見る者です』という挨拶で使う、一種の符丁のようなものですねえ」

右京が解説をしていると、大王が素早く反応した。

――初見さん、いらっしゃい。ゆっくりしてってね。よかったらコテハン残してよ。

「せっかくですから、コテハンも残してみましょうか」

幸子が訊き返した。

「コテハンって?」

「固定ハンドルネームの略です。火の玉大王も、つまりコテハン。あだ名のようなものですねえ。放送をする人も見る人も、すべてが匿名で成り立っている世界ですからねえ。相手を識別するあだ名が必要になるわけですよ」

右京はまたキーボードを叩いた。

「〈ジェームズ〉って……」

幸子が笑いながら画面に流れた右京のコテハンを読んだ。リスナーに語りかけていた大王がそれに気付いた。

――あっ、コテハンありがとう。ジェームズさん、よろしくね。

「おそらくボンドさんも、この放送を見ていると思いますのでね」

「えっ？」

幸子が再び首を傾げた。

――一体、何者が富士山の噴火を企てているのか？　それはね、東亜民主共和国だ。

「フフッ、聞きました？　まさかねえ」

噴き出す幸子を他所《よそ》に、右京はキーボードを叩く。

〈凸いですか？〉

「えっ？」

右京が幸子に解説する。

「〈スカイパーでお話し出来ませんか？〉という意味です」

――ん？　凸？　いいですよ。じゃあスカＩＤ貼りますね。

大王がキーボードを叩くと、画面にスカイパーのＩＤが出てきた。

――凸、久々だなあ。情報は力だからね。ペンは剣よりも強し、情報は戦車よりも強し。

自分のせりふに大王が悦に入っているところへ、スカイパーが繋がったというメッセージが画面に出た。

――もしもし。まず、お名前をどうぞ。

「ジェームズです。こんばんは」

右京が応えた。

――ジェームズさん、どうも。初見さんですよね？

「ええ。よろしくどうぞ」

――富士山の噴火について何か聞きたい事でも？

「いえ、それについてはあまりに突飛なお話で、まだ整理がついていませんので、後日また改めてという事で」

――はあ……じゃあ何の話でしょうか？

大王が怪訝そうに訊ねた。

「以前あなたが放送なさったものが、別の掲示板にアップされていまして。アポロ11号の月面着陸は嘘で、世界中が騙されているというお話なんですが」

――ああ、そうですよ。あれはアメリカ政府の陰謀で、月面着陸のシーンはスタジオで撮影されたものなんです。誰が撮ったかというと……。

そこで右京が先回りをして答えた。

「スタンリー・キューブリック」

――そのとおりです。

愉快そうに頷く大王に、右京は冷や水を浴びせた。

「あまりにバカバカしすぎて反論する気にもなれないのですが、どういう思考回路でそういう事を信じるようになってしまうのか、その点については大いに興味がありましてね」

――ハッ、喧嘩売ってるんですか？

不快感を露わにする大王に、右京はかぶりを振った。

「おお、とんでもない」

ちょうど悦子の部屋でその放送を聴いていて、右京の登場で画面に釘付けになっている男がいた。享だった。

――喧嘩凸は受け付けてないんだけどなあ。

大王がやんわりと非難したところに、別の着信があった。コテハンは〈ボンド〉と出ていた。

——ああ、ジェームズさん。もうひとり話に加わりたいみたいなんですけど、会議にしてもよろしいですか？

「構いませんよ」

——では……もしもし。こんばんは、ボンドさん。

「こんばんは。ジェームズさんも、こんばんは」

不機嫌そうな享の声が流れてきた。

「はじめまして」

遣り取りを聴いていた幸子が興味津々な顔つきをした。

「はじめまして、ボンドさん」

右京がしれっと挨拶すると、享がうんざりした口調で言った。

「あなた、何しにこの放送に来たんですか？」

そこに大王が割って入った。

——ああ、ボンドさん。いきなり喧嘩腰はよくないよ。

しれっとした声で右京が答えた。

「特に用事があるわけではないのですがね。誰でも視聴出来る放送ですからねえ。ちなみにボンドさんも、月面着陸は嘘だとお思いですか？」

「ええ、もちろん」

「その根拠は？」

右京が亨に重ねて訊ねた。

「たとえば月面に突き立てた星条旗があるでしょ？　あれ、よく見てください。たなびいてるじゃないですか。大気のない月で、旗が風にたなびくはずないでしょ」

すかさず右京が反論する。

「あれはたなびいているように見せるために、ワイヤが入ってるんですよ。これは公表されている事実なんですがねえ」

そこで大王が亨に加担した。

――いやいや、それは嘘がばれそうになって、後付けでつけた苦し紛れの言い訳ですよ。

亨はひとつ大きなため息を吐《っ》き、議論を打ち切るように言い放った。

「とにかくジェームズさん、ここはあなたの来るようなところじゃありませんよ。それだけ言いたかったので。じゃあ大王、俺は落ちます」

そう言って亨は通話を終えた。

――ああ、ボンドさん、お疲れさまです。

享をねぎらった大王は、呆れ顔で右京に向かって言った。

――ジェームズさん。あなた、もう少し世の中の事を勉強なさった方がいいですよ。

この世は陰謀で満ちあふれているんです。

「そうですかねえ」

お互い相容れないまま、大王は右京との通話を一方的に切った。

「ジェームズ……ボンド」

幸子が悪戯っぽい口調で呟いた。

「はい？」

「なんの捜査なさってるんですか？　おふたりで」

「それが、まだよくわからないんですよ」

「ん？」

幸子は煙に巻かれたような目で右京を見た。

三

次の朝、登庁した享は、棘のある声で右京に挨拶をした。

「おはようございます、ジェームズさん」

「心配してましたよ、彼女」

右京はモーニングティーのカップを持ち、椅子の背もたれから体を起こして享の脇に歩み寄った。

「怪しんでるのはわかってましたけど、何も杉下さんに……」

「僕も話を聞いて心配になりました」

「ご心配には及びません」

「ましてや夜空を見上げて、君が宇宙船を呼んでいる姿を目撃したら、心配するなという方が無理な相談です」

「見てたんですか⁉」

享は狼狽した。

「事情を聞かせてもらえませんか？　君が火の玉大王さんに本気ではまっているとは、到底思えませんからねえ」

「たまたま見たんですよ、彼の放送を」

もうこれ以上は隠し通せないと観念した享は、事情を明かした。

その放送で大王は、ずっと以前にエルドビアであった日系法人社長誘拐事件のことを話題にしていたのだった。そのとき水面下で行われていた誘拐犯グループとの身代金交渉を日本政府が邪魔し、結果、社長は殺害されるに至った。その時現地で暗躍していたのが、在エルドビア日本大使館に勤務していた警察官僚だった……。

リビングのソファに体を預け、ビールのグラスを片手に軽い気持ちで視聴していた享は、そこで身を乗り出した。

——まあ、むやみに放送で個人名を出すのはまずいから言わないけど、調べればわかるんじゃないかな。

享は思わずパソコンのキーボードを叩いた。

〈それって本当の話ですか？〉

——初見さんですね。本当ですよ。よかったらコテハン残してください。

享は咄嗟《とっさ》に〈ボンド〉というコテハンを入力した。

〈見殺しかよ〉

別の視聴者からのコメントが流れた。

——そうそう見殺しにされちゃったわけ。邦人を見捨てるのは日本国政府の得意技だから。

享からそこまでの説明を聞いた右京は、記憶の引き出しを開けた。

「十年前、エルドビアで起こった誘拐殺人事件の被害者は、確か大東亜メタルの社長でしたね」

「よく覚えてますね。猪瀬《いのせ》昌幸《まさゆき》さんです」

享は右京の相変わらずの記憶力に舌を巻いた。

「大東亜メタルというのは、大東亜産業が設立した現地法人ですねえ」

「ええ。実は、昨日自殺した大東亜産業の専務高山哲治さんは、事件当時大東亜メタルに出向していたんです。しかも副社長として、猪瀬社長をサポートしていた」

「ほう。コツコツと調べていましたか」

「はい。まだ事件の概要を調べていただけですけど」

「そもそも君がこの話にのめり込んでいるのは、火の玉大王さんの言うところの、現地で暗躍していた日本国大使館勤務の警察官僚というのが……」

享が頷いた。

「ええ、親父だからです」

「なるほど」

「当時、在エルドビア日本国大使館に勤務していた警察官僚というのは……甲斐峯秋《みねあき》です」

ちょうどそのころ、当の甲斐峯秋の部屋を、首席監察官の大河内春樹《おおこうちはるき》が訪れていた。

峯秋は大河内からある書状を受け取り、それを一瞥するなり憮然とした顔になった。

「おおむね、このとおりだが……」

「そうですか」

「何か質問があるかね？」

眉間に皺《しわ》を寄せて奥歯を嚙みしめる大河内の前で、峯秋はその書状を音を立てて破り捨て、ゴミ箱に投げ入れた。そうして何か言いたげな大河内を睨みつけた。

「どうせコピーだろ」

その書状とは、大東亜産業の専務、高山が自殺したホテルの部屋に残されていた遺書だった。

右京と享は警視庁の食堂で昼飯を食べながら、先ほどの話を続けていた。

「もう知ってるとは思いますけど、大王の放送は大部分が与太話です」

享の言葉に、右京が頷いた。

「ええ。普通には一笑に付される話ばかりですねえ」

「でもエルドビアの誘拐事件の話は妙にリアルというか、とにかく他に唱えているとんでもない陰謀説とは、明らかに毛色が違うんですよ」

「僕も君の話を聞いてそう感じました」右京はそこで定食の味噌汁をひと口飲み、続けた。「ところで火の玉大王さんは、どこからその情報を得たのでしょうねえ？」

「最初に参加したオフ会で聞いてみたんですけど……」

大王は、宇宙と交信した、と答えるのみだった。何でも異星人に誘拐されて以来、そ

ん な特殊能力が身についてしまったのだという。

「フフッ、はぐらかされましたか」

「はい」

右京は話題を変えた。

「火の玉大王さんというのは、普段何をなさってる方なんですかね？」

「さあ、わかりませんね。オフ会には匿名で参加しますから。インターネットというバーチャルな世界の延長なんです。ハンドルネームで呼び合うんです。身バレするような内容はお互いに聞かないのがマナーです」

「氏も素性も明かす事なく和気あいあいと楽しめるのは、不思議な気がしますねえ」

理解に苦しむというように、右京は首を捻った。

昼飯を済ませてふたりが特命係の小部屋に戻ると、隣の組織犯罪対策五課の課長、角《かく》田六郎《たろくろう》とその部下、大木長十郎《おおきちょうじゅうろう》と小松真琴《こまつまこと》が特命係のコーヒーメーカーからそれぞれのカップにコーヒーを注いで飲んでいた。

「おお、おかえり」

角田がまるで自分の部屋であるかのようにふたりを迎える。

「頂いてます」

「ここのコーヒーはなぜか格別で」

大木と小松が言い訳がましく頭を下げ、申し訳なさそうに出ていった。

「だろ? 俺がちょこちょこ忍び込んで淹れてるんだから、まずいわけがない。フフッ」一方の角田は、嬉しそうに取っ手にパンダがついたお気に入りのマイカップを掲げた後、思い出したように付け加えた。「ああ、聞いたか?」

「はい?」右京が聞き返す。

「昨日、ホテルで自殺した会社の重役いただろ」

「大東亜産業の専務ですか?」享が反応した。

「なんでも他殺の疑いがあるそうだぞ」

「えっ?」

角田から得た情報を確かめようと、ふたりは鑑識課の米沢守《よねざわまもる》を訪ねた。

「ええ。遺族が自殺という見解に納得をしなかったようですな。何しろ遺書もなく、死ぬ理由が見当たらないと」

米沢は首肯した。それで引き取った遺体の解剖を遺族が依頼したのだという。その結果、遺体からは二種類の毒物が検出された。ひとつは現場で発見されたシアン化カリウム。つまり青酸カリ。もうひとつはテトロドトキシンだった。

「ご承知のとおり青酸カリには即効性があり、テトロドトキシンは徐々に神経を麻痺させて、死に至らしめる毒です」

解剖を行った医師も、自殺と断定するには疑問の余地がある、との見解だという。米沢の解説に、右京が応じた。

「いずれにしても、少々奇妙ですね」

一方、捜査一課の伊丹と芹沢慶二《せりざわけいじ》のふたりは、大東亜産業の専務の自殺を調べていた所轄署に赴いていた。そのわずか前、刑事部長室に呼び出された三浦は、自班から必要最小限の人数をピックアップして極秘裏に捜査しろとの命令を、刑事部長の内村完爾《うちむらかんじ》と参事官の中園照生《なかぞのてるお》から受け、ふたりを差し向けたのだった。

「どうぞごゆっくり」

捜査資料を見せろと言われた所轄署の刑事は、煙たそうな顔で資料が入った段ボール箱をふたりの前にドスンと置いた。

「ったく……ちゃんと捜査しろよ」

「何！」

小声で毒づく伊丹に、刑事が気色ばんだ。

「気にしないで。独り言だから」

芹沢が間に入って取りなす。

「結局、尻拭いは俺たちなんだぞ」

悪態を吐き続ける伊丹に、刑事が苛立ちも露わに言い返す。

「あなた方だって現場にいたら、自殺と判断しましたよ！」

図らずも出たその発言に、伊丹が鋭く反応した。

「おい、おまえ！　何隠してんだ？」

「先輩」

伊丹と芹沢が所轄署の刑事から引き出した情報を持って、三浦は刑事部長室に抗議に向かった。

「遺書があったっていうのは本当ですか？」

三浦に追及されて、中園がしぶしぶ認める。

「それらしきものがあったようだ」

「どうしてそんな大事な事を」

詰め寄る三浦に、内村が高圧的に言った。

「おまえたちが心配する事ではない」

「いや、もしも他殺だった場合、犯人検挙の重要な手がかりになるはずです」

納得できない、という風に言い返す三浦を、内村が睨んだ。

「誰が犯人を検挙しろと言った？」

「はあ？」

「われわれは他殺の可能性があるかどうかを探れ、と言っただけだ」

中園が内村の代弁をするように付け加えた。

「仮に他殺だった場合、改めて対処する。おまえが心配する事ではない。おしゃべりな所轄の刑事の名前を調べておけ！」

「はっ！」

内村の怒声に、中園が慌てて頭を下げた。

仕方なく引き下がった三浦だったが、それで伊丹が納得するはずがないことは承知していた。

「おい伊丹。おまえがふてくされる気持ちはよくわかる。が、俺たちはしょせん宮仕えの身だ。命令には従うしかないさ。そうだろ？」

「遺書を見せるようにかけ合ってくださいよ、係長」

以前ならば共に憤ったはずの三浦だが、そこが中間管理職の辛いところだった。

「ならいい。どうしても嫌なら他の人間にやらせるさ」

三浦は言い放った。伊丹は苦々しい表情で受け止めた。

四

自殺するのになぜ二種類の毒を用いたのか……その疑問を抱えたまま、右京と享はある場所に向かっていた。享がアポイントをとっていた猪瀬幸徳《ゆきのり》――エルドビアで誘拐殺人事件の被害者となった大東亜メタルの社長、猪瀬昌幸の息子――との面会に、右京も同行していたのだった。

今は新聞記者をしているという幸徳と待ち合わせたのは、もう夜も遅くなってのことだった。幸徳の勤務先近くの公園で落ち合った三人は、喫茶店に場所を移して話をした。

「電話をもらった時にも言いましたけど、事件の事については詳しく知らないんですよ。当時、母は父と一緒にエルドビアにいましたけど、僕は日本に残ってましたから」

そのころは大学三年生だったという幸徳は、事件の一報を母親から受けたとのことだった。ただ、その母親もすぐさま安全な場所に避難させられたので、情報を逐一知るということはなかった。猪瀬昌幸は車で帰宅途中、犯人グループの襲撃を受け連れ去られたのだが、そういう詳しい事情も、知ったのは後でもたらされた報道によってだった。

「身代金交渉がどのように行われたかは、ご存じですか？　交渉は水面下で行われるため報道はされないんです。だから、関係者に当たるしかない」

一歩踏み込んだ享に、幸徳が答えた。

「エルドビア政府は、誘拐ビジネスを増殖させるという事で、身代金の支払いには反対する立場を取っていますし、現地法人を設立した海外企業も身代金は支払わないと表明しています。もちろん、父のいた大東亜メタルも」

「それは表向きでしょう。裏では間違いなく交渉されてましたよね？」亨に突かれ、幸徳は言葉に詰まった。「その辺りを非難するつもりはありません」亨が付け加える。

「ネゴシエーターを雇って犯人グループと交渉したそうです。誘拐が一種の産業になっているだけあって、交渉人にも事欠かないんですよ、あの国は」

　幸徳はわずかに怒りを滲ませて言った。

「なるほど。しかし交渉はうまくいかなかった」

　亨の言葉に幸徳は暗い顔を伏せた。

「そういう事ですね。結局父は、エルドビアの郊外で射殺されましたから」

「つらい事を思い出させてしまってすみません」

　亨が謝ると、幸徳は少々声を荒らげた。

「どうしてこんな風化した話を聞きたがるんですか？　電話をもらった時にも訊いたけど、明快に答えてくれなかったでしょ」

　亨が答える。

「これから訊く事が、実は核心です。身代金交渉がどうしてうまくいかなかったのか、その理由をご存じですか？　知っていたら聞かせてもらいたいんですが」

「法外な額を吹っ掛けられて、金額の折り合いがつかなかったそうです」

その話はずっと後になって母親から聞いたのだが、法外な額というのは三千万ドルだったという。日本人なら言い値で払うと舐められたのかもしれない、と幸徳は苦い顔をした。その母親も今年の春に亡くなっていた。そこで右京が口を挟んだ。

「僕からも、ひとつ。昨日、大東亜産業の専務さんが亡くなったのはご存じですか？」

「ええ。ホテルで自殺したとか」

「面識はありませんか？」

「僕がですか？　その専務さんと？　いいえ。でも、どうして？」

それには享が答えた。

「亡くなった大東亜産業の高山専務は、十年前お父様と一緒にエルドビアにいた方なんです」

「そうでしたか……ならば母とは面識があったかもしれませんね。でも僕はありません」

幸徳はかぶりを振った。

その夜、右京がひとりで〈花の里〉のカウンター席に座っていると、珍しい客が現れた。

「いらっしゃいませ」

「こんばんは。ビール頂けますか？」

そう言うなり右京の斜向かいに座ったのは、三浦だった。

「自殺ではなく他殺の疑いがある事は、もうご存じですよね？」

三浦は早速、大東亜産業の専務の件に触れた。

「ええ」

「やっぱり……さすが警部殿だ」

酌をしようとする幸子の手からビール瓶を引き取って、三浦は言いづらそうに上目遣いをした。

「あのう、何か手の込んだ料理をひと品、お願い出来ますか？」

「手の込んだお料理？」

「なるべく時間のかかるやつ」

それで幸子も事情を察したようで、頷いて奥の厨房に下がった。三浦は手酌でビールを一杯呷《あお》ると、話を続けた。

「早々と自殺と断定されたのには、わけがあるんです。現場で遺書が発見されたんですよ」

「それは初耳ですねえ」右京が身を乗り出した。

「遺書の存在については箝口令《かんこうれい》が敷かれてます。中身についてもわかりません。けれど、隠されれば隠されるほど知りたくなる。それが人情ってもんです。そうでしょう?」

三浦が投げ掛ける。

「ええ。しかし、どうしてそれを僕に?」

「まあ、話すなと言われれば話したくなる。話すんなら、いっそ一番話しちゃいけない人に話しちまえ。それも人情ですよ」

右京は徳利を傾けて苦笑いをした。

「あのですね……」

三浦は話の穂を継いだ。

一方そのころ、享はとあるバーのカウンターで、悦子と並んで飲んでいた。

「そういう事だったんだ……」

悦子は納得顔で頷いた。

「早まって杉下さんに相談なんかするんじゃねえよ」

享は小言を言った。

「相談じゃないよ。確認してみただけ……でもよかったね」

「えっ？」

「ホッとしたでしょ？　お父さんが身代金交渉の邪魔をしたんじゃなくて」

　享は宙を見つめた。

「いや、むしろ意外だったかな。ありえない話じゃないと思ってたから」

「身代金交渉の邪魔をしたら人質が殺されちゃうの、わかってたんでしょ？　それをわかっててするかなあ」

　享はすかさず答えた。

「するさ、あの人なら。もちろん親父の一存でそんな事はしやしないだろうけど、上の意向があれば、そのお先棒を担ぐ事は厭わない。そういう人だ」

　ひと呼吸置いて、悦子が訊ねた。

「どうするつもりだったの？　確かめて、もし本当にお父さんが身代金交渉の邪魔をしたんだとしたら。ここぞとばかりにお父さんを非難するつもりだった？」

　享は俯いて首を振った。

「わからない。ただ、確かめずにはいられなかったんだ」

五

次の朝、思いがけない出来事が起きた。甲斐峯秋の自宅にいつものように公用車が迎えにきたのだが、いつもと異なっていたのは運転手に見覚えがないことだった。

――君は新人かね？

後部座席から問いかけた次の瞬間、運転手は車を降りて後部座席のドアを開け、峯秋にいきなりスタンガンを押し当てたのだった。

そのまま峯秋の公用車は行方知れずになった。

ちょうどその一報が警視庁にもたらされる直前、刑事部長室を特命係のふたりが訪れていた。例の大東亜産業の専務、高山の遺書のことを問い質しにきていたのだ。

「誰に聞いたんだ？」

内村の問いに右京は、風の噂とはぐらかしたが、当然、内村の逆鱗《げきりん》に触れただけだった。享も黙っていなかった。

「重要な手がかりを隠されたままでは、捜査にだって身が入りません」

「おまえたちに捜査を頼んだ覚えはない！」中園が一喝するとすかさず享が刃向かった。

「伊丹さんたちの気持ちを代弁しただけです。部長も参事官も、犯人を捕まえたくないんですか？　なんでそこまでして頑なに隠すんです？　そんなにやばい内容の遺書なんですか？」

「うるさい！」

はねつける一方の中園だったが、何かが内村のなかで起こったのだろう、

「そんなに見たければ見せてやる」

思わぬ方向に事態は動いた。内村はその場で監察官室に電話をかけた。時を置かずして、首席監察官の大河内が遺書を携えてやってきた。

遺書はワープロで打たれていたが、署名だけは高山の自筆だった。インクが途中で切れたのか「高」一文字だけが万年筆で、それ以下はボールペンで記されていた。

「内容が内容だけに、公表出来ない。わかるだろ?」

大河内の言葉を、特に享は複雑な表情で受け止めた。遺書には〈もう疲れた。先立つ身勝手をどうかお許しいただきたい……〉という辞世の言葉のあとに、エルドビアで起きた猪瀬昌幸社長誘拐殺人事件の顛末に関して、とんでもないことが記されてあったのだ。

すなわち、大東亜メタルは誘拐犯に対し、身代金交渉はしないと表明していたのだが、高山たちは警察には届けず、独自に交渉人を雇って水面下で身代金交渉をすすめていた。あとは支払いさえすれば猪瀬は無事に解放されるところまでこぎつけたが、エルドビア政府にばれてしまった。エルドビア政府に事を漏らし、身代金交渉の決裂を誘発したのは、当時在エルドビア日本国大使館に勤務していた警察官僚で、現在警察庁次長の甲斐峯秋である、というのだ。

その峯秋に宛てて、高山は恨みたっぷりの言葉を書きつけていた。

〈この男のせいで猪瀬昌幸社長は殺されたのだ。しかもこの男は、自分が関わった事実を隠し、その後ものうのうと生きている。私は、この男だけは許すことはできない〉と。

「ここに書かれている事は、真実ですか？」

享は絞り出すような声で大河内に訊ねた。

「おおむねこのとおりだとおっしゃっていた」

大河内が答えると、内村は享に言った。

「どうだ、気が済んだか？　われわれはこれでも、必死に次長の名誉を守ろうとしてるんだ」

打ちのめされている享の隣で、右京は冷静な声で訊ねた。

「しかしこの署名は、どういう事でしょうねえ？」

例の万年筆とボールペンの問題だったが、右京のその問いかけは、甲斐峯秋が行方不明になったという一報のせいで、すぐさま吹き飛ばされてしまった。

当然、警察庁も警視庁も、蜂の巣をつついたような状態になった。早速捜査本部が敷かれた警視庁では、中園が指揮を執った。まず、峯秋の公用車が事故を起こしたという情報はどこにもなかった。間もなく、Nシステムの照合結果が出て、公用車の走行ルートが判明した。ただ、京葉道路を千葉方面に向かったところまでは捕捉できたが、記録があるのは八時三十五分に江戸川区小松川のNシステムを通過したところまでで、それ以降は不明だった。

峯秋の公用車が江戸川の河川敷で発見されたのは、それからわずか後のことだった。河川敷の細い未舗装の道路を塞ぐかたちで停められていて、施錠されており、車内は無人だった。釣りに来ていた男が苦情として交番に通報したのだった。

やがて現れた近くの交番の女性警察官は、よくある迷惑駐車だと思い、マニュアル通りに処理しようとしていたが、やがて上空にヘリコプターがやってきて、あっと言う間に夥《おびただ》しい数の捜査員に囲まれ、通報した釣り人も女性警察官も目を白黒させた。

間もなく現場に鑑識課の米沢がやってきて、施錠を解きトランクを開けた。そこには猿ぐつわを嚙まされ手足を縛られた運転手が横たわっていた。幸い怪我などはなかったが、念のため病院に搬送されることになった。米沢たちにわずかに遅れてやってきた右京と亨は、救急車の荷台に腰掛けている運転手の前に立ち、繰り返しになるかもしれないが、と断った上で、車を奪われた時の状況を訊ねた。

運転手は嫌な顔ひとつせずに、その時のことをふたりに語った。それによると、いつものように峯秋の自宅に向かう途中、トンネルのなかでいきなり二台の車に前後を挟まれるような形で停車させられ、後ろの車から降りてきた男にスタンガンを当てられて、気がついたらトランクのなかにいたとのことだった。襲った相手の顔は確認できなかった。振り向いた時に見えたのは服だけで、Tシャツに革ジャンを羽織っていた。前の車は横向きに停まっており、後ろの車には気が回っていなかったので、車のナンバーなどはまったく見えなかった。手がかりとしては厳しいところだが、ただひとつ、振り向いた瞬間に男のしていた腕時計を見た、と運転手は言った。何でもそれはたいへん変わった時計で、フレームは三角形、文字盤には数字ではなく絵が記されていたという。

「ん？　ちょっと待ってください」その言葉に享が引っかかったようだった。すかさずスマートフォンを取り出して、ある写真を運転手に見せた。「こんなふうな時計じゃありませんでしたか？」

「そうです！　こんな時計です」

運転手が頷いた。

「フリーメイソンの時計ですねえ」

写真を見た右京が言うと、享が頷いた。それは火の玉大王がしていた時計で、あまりに珍しかったので写真に撮らせてもらったのだった。

「こんな変わった時計してる奴、めったにいませんよね」

享の言葉に右京が同調した。

「少なくとも、僕は今までに一度もお目にかかった事はありませんねえ」

ふたりは米沢と合流した。

「犯人はここで別の車に乗り換えて逃走したわけですな」

現場を見渡した米沢に、右京が声をかけた。

「実は、ひとつ確認して頂きたい事があるのですがね」

「なんなりと」

「万年筆なんですがね……」

「はあ」

米沢が要領を得ない顔で頷いたところで亨のスマートフォンが鳴り、新たな情報がもたらされた。電話は角田からで、あちこちのインターネットの掲示板にとんでもない動画がアップされているという。角田からURLを貼ったメールを受け取った亨は、早速その動画をスマートフォンの画面に呼び出し、右京と米沢に見せた。

「こ、これ！」

米沢が絶句した。そこには暗闇に仁王立ちしている峯秋の画像が映っていて、ボイスチェンジャーを通した声と、その内容がテロップとして画面に流れていた。その声はこう言っていた。

〈われわれは新世代革命軍である。本日、警察庁次長の甲斐峯秋を誘拐した。警察は革命税として、身代金を支払わなければならない。支払えばただちに身柄は解放されるだろう。だが、もし拒否すれば最悪の結果は避けられないものと思え〉

動画が流れてしまった以上、警視庁は黙っているわけにはいかなかった。早速、刑事部と公安部の合同で開いた記者会見では、記者たちの質問が殺到した。甲斐峯秋がさらわれたというのは事実か？　新世代革命軍というのはテロリストグループなのか？　革命税と称した身代金を要求しているからには、単なる犯罪グループとは違うのではないか？　……。それに対してはいつもながら、当局からは的を外した答えが返ってきた。誘拐とは断定できないが、行方が知れないのは事実。今現在、把握しているテロリストグループのなかには、新世代革命軍という名前はない……。

「身代金交渉には応じるんですか？」

記者のひとりが質問した。

「その点については……」

答えようとした広報課の担当者を、内村が遮った。

「犯人からまだ直接のアプローチがありませんから」

話を核心からずらそうとする内村だったが、質問をした記者は執拗に食い下がった。

「アプローチがあれば交渉には応じるんですか？　もしも相手がテロリストだった場合、

いかなる交渉もしないというのが我が国の方針だと思いますが」

「いずれにしても、人質の身の安全を最優先にした対応をしたいと思います」

記者はさらに重ねた。

「身の安全を最優先にというのは、人質になっているのが警察庁の幹部だからですか？」

内村は苛立ちも露わに、突き放すように言った。

「警察庁の幹部であろうが一般市民であろうが、その考えに変わりはありません」そうして、記者を怪訝そうに睨んでこう訊いた。「おたく、どこの社？」

「帝都新聞の猪瀬です」きっぱりと答えた幸徳は、構わず続けた。「交渉しないというのは建前で、水面下では身代金交渉も行いますか？」

質問を独占する幸徳に、まわりの記者から野次が飛んだ。

「おい、つまらない質問やめろよ！」

それにも幸徳は怯《ひる》まなかった。

「動画を見る限りだと、身代金交渉に応じなければ、即刻人質は殺されると思うんですが」

常軌を逸した執拗さにうんざりした広報課の担当者は、ここぞとばかりに一方的に会見を打ち切ろうとした。

「えー、他に質問がなければ、ひとまず会見はこの辺で……」

「ちょっと待ってくださいよ！　これじゃ記事にならないよ！」

他の記者たちは口々に不満を唱え、会場は騒然となった。

六

甲斐峯秋が監禁されている部屋は、建設を中断された廃墟のような、はたまた何かの作業所か倉庫のような、不思議な造りだった。二方はコンクリートの壁に囲まれていて、一方の壁にはドアがあり、側面の壁にはペンキが乱雑に塗られた板が幾重にも打ち付けられていた。そしてもう一方の光が差し込む側は厚い磨ガラスで覆われ、そこにもドアがあったが、当然施錠されていてびくともしなかった。

「昼食です」

コンクリートの壁側のドアが開いて、食事を載せたプレートを床に置いて立ち去ろうとした火の玉大王を、峯秋が呼び止めた。

「待ちたまえ。君は一体、何者なんだ？」

大王は不敵に笑って答えた。

「僕も昔、誘拐された事があるんです」

「何？」

「異星人にです。宇宙船に監禁されていました。ここにチップが埋め込まれているんです。レントゲンを撮って確認したので確かです」

自分の首筋の後ろを指す大王を、峯秋はそれこそ異星人でも見るような目つきで見返した。

「その火の玉大王というのが事件に関わってるというのか？」

特命係のふたりから報告を受けた中園は、怪訝な顔で聞き返した。

「もちろん断定は出来ませんが、疑ってかかる価値はあるかと」享はスマートフォンを出して大王が映っている画像を中園に見せた。「素性は全くわかりませんが、顔はこれです」

「この男が放送してるというサイトから、素性を特定出来ないのか？」

中園が訊ねたが、サイトの会員登録に必要な情報は、メールアドレス、性別、生年月日のみで、名前もニックネームでいいので、そこから本名は割り出せない。コンタクトの手段はスカイパーだけなのだが、それも放送中しか繋がらない。享も仕方なくメッセージを残すほか手がなかった。

「メールアドレスは登録されてるんだな？　だったらそこからたどれないのか？」

中園が訊ねた。当然、享もそれは試みてみたが、情報開示は拒否されてしまった。プロバイダーの言い分は、令状とは言わないまでもせめて捜査責任者の署名入りの依頼書を持ってきてほしい、ということだった。

それを聞いて中園は情けない顔をした。

「最近、警察の捜査が軽んじられてる……そう思わんか？　もっと警察には進んで協力すべきだろう」

「軽んじられていると言うよりも、信用を失っていると言った方が当たっているかもしれませんねえ」

右京の辛辣な言葉に、中園は諦めたようにため息を吐いた。

「わかった。依頼書は用意する。ご苦労だった。おまえたちは部屋に戻っておとなしくしてろ。あとはこっちでやる」

もう用済みだと言わんばかりの対応に憤然とする享の手から、中園はスマートフォンを奪った。そうして部下に大王の写真をコピーして関係各署に配布するよう命じた。

「待ってください」享が反抗した。

「コピーしたら携帯は返す」

「いや、そういう事じゃなくて！」

「おまえを捜査に参加させるわけにはいかない。捜査に私情を挟まれては困るからな」

梯子を外されてカッとなる享の袖を、右京は引っ張って捜査本部を後にした。

「参事官のおっしゃる事も、一理ありますがねえ」

警視庁の廊下を歩きながら、右京が穏やかな声で諭した。

「しかし、白黒はっきりするまで黙ってるつもりはありません」

「もちろんですよ」

応えたところで右京の携帯が振動音を鳴らした。米沢からだった。右京の依頼で高山の万年筆を調べていたのだった。米沢によると、確かに高山は万年筆を持っていたが、インクは切れていなかった。また、押収された所持品の中にボールペンはないということだった。

ふたりが特命係の小部屋に戻ると、珍しく捜査一課の伊丹と芹沢が待っていた。

「おや。捜査の方は進んでいますか？」

右京が訊ねると、芹沢が含みのある口調で答えた。

「御役御免になりました」

「はい？」

「係長が警部殿に情報を漏らした廉《かど》で、うちの班は外されたんですよ」棘のある声で伊丹が続ける。

「僕は情報源をばらしたりしていませんけどねえ」

「ごく少人数しか知らない情報です。警部殿に漏れるルートなんか想像がつくでしょう」

芹沢が苦り切った顔で付け加えた。

「係長も聞かれてもシラ切ればいいのに、むしろ何が悪いんだって態度で認めちゃったもんだから」

「そうでしたか」

頷く右京に、伊丹が本題を切り出した。

「ま、そんな話はどうでもいいんです。それより、見たんでしょ？　遺書。どんな内容だったんです？」

「そうそう。そもそもあれほど隠していたものを、なんで特命係には素直に見せたのかって、それが疑問なんですよ」芹沢も興味津々である。

「中身が知りたければ教えますよ」

その遣り取りを聞いていた享が言い放った。すると芹沢が思い出したように言った。

「そうだ、お父さん、無事なの？　あっちの方の情報、入ってないの？」

「その親父に関する事が遺書には書かれてあったんです。エルドビアにいた頃の、親父がした事について書かれてました……」

遺書の内容は享によって伊丹と芹沢に明かされた。

「それって事実なの？」芹沢は信じられない、という顔で聞き返した。右京が続ける。

「本来ならば、ホテルで高山専務の遺体が発見された時、その遺書も公になるはずでした。ところが、警察はそれを秘匿してしまった。ゆえに、今回の事件に発展した……飛躍しすぎていますかね？」

右京の問いかけに享が答えた。

「いや、遺書を隠した事がこの事態を誘発したんですよ」

「ホテルの殺しと次長の件は、連動してるって事？」芹沢が投げ掛けた疑問に右京が答えた。

「自殺に見せかけて高山専務を殺した犯人にとっては、あてが外れたわけですよ。テレビも新聞も、遺書は発見されなかったと報じていましたからねえ」

そのとき、享のスマートフォンが着信音を鳴らした。

「大王からです」

「大王？」

素っ頓狂な声を上げる芹沢を制して、享が電話に出た。

「ボンドです」

――至急の話ってなんですか？

大王は享が残したメッセージに反応したらしかった。

「見ました？　動画。警察庁の次長がさらわれたらしいじゃないですか。大王さんが前に放送で言ってたのって、この人の事でしょ？　エルドビアの誘拐事件の時に暗躍した警察官僚って」

――ああ、ボンドさん、そういえばこの話に興味持ってましたもんね。

「何か陰謀が動いてるんですかねえ？　知ってます？」

――さあ……さすがの僕のところにもまだ情報は入っていませんね。

「だと思って連絡したんです」

――え？

「俺、情報をつかみましたよ」

――情報って？

大王が乗ってきた。

「知りたいですか？　実はですね……」

言い出したところで享は、近くにいる人物に電話を聞かれそうになったために話を中断するという芝居を打った。大王をじらす作戦である。

「あっ、じゃあ、失礼します」

享は一方的に電話を切った。

「多分、これで俺に興味を持ってくれたと思います。少しは誘導しやすくなるんじゃないかと」

「ええ。なかなかお見事ですよ」

右京も享の役者ぶりを讃《ほ》めた。

七

その効果があってか、ほどなくして向こうに動きがあった。峯秋の秘書の携帯に、犯人から身代金要求のメールが入ったのだ。

〈われわれは革命税として五億円を要求する。支払われれば甲斐峯秋氏は即時解放されるであろう。まずは支払いの意思があるかないか返信を乞う。新世代革命軍〉

さらにメールにはネットに流れた峯秋の画像と同じものが添付されていた。

「いよいよ本格的な身代金の要求がきたか」

中園が声を上げた。そのメールは峯秋の携帯を使って発信されているので、そこから足はつかない。また、メールを送ってすぐに電源を切ったようで、携帯の場所も特定できなかった。

〈最初に人質の安全を確認させて下さい。以下の番号に電話していただき、本人を電話口に出して下さい。　警視庁より〉

時間を稼ぐためもあって返信したところ、しばらくして携帯の電源が入った。基地局を確かめたところ、新宿区西新宿の路上から発信されている。捜査本部は早速、西新宿付近に緊急配備を敷いた。

しばらくして犯人から返信が届いた。

〈支払いの意思の有無をまず答えよ〉

こちらの意図を見抜いたようなメールに、中園は唇を嚙んだ。と同時に電源も切れ、場所の特定はまた不可能になった。

大王はハンドルを握りながら、サイレンを鳴らすパトカーを鼻で笑ってやりすごした。そのとき、助手席に置いたパソコンが着信音を鳴らした。スカイパーの呼び出し音だった。

「もしもし」大王は着信を受けた。

――ボンドです。さっきはすいませんでした。ちょっと邪魔が入っちゃって……でももう平気です。

「ならいいですけど。で、情報って、どんな情報なんですか？」

大王が訊ねてきた。

――興味あります？

「フフ、そりゃありますよ。情報次第では放送にのせたいぐらいです」

――ただ、今ちょっとゆっくり話せない状態なんです。もしよかったら直接会って……

あっ、今日時間取れませんか？　どうです？　時間は大王さんに合わせられると思うんですけど。

「ええ、わかりました」

亨の誘導作戦はどうやら功を奏したようだった。

亨と大王は都内のとある川べりの公園で待ち合わせ、オープンエアのカフェに場所を移して対面した。

「ワクワクして来たんですよ。どんな情報が聞けるのかって」

ウェイトレスにコーヒーを注文するなり、大王は早速身を乗り出した。

「大王さんが放送で言ってた陰謀説。あれ、眉唾ですね」

亨がまず挑発した。

「え？」

「十年前エルドビアで、警察官僚の甲斐峯秋が身代金交渉の邪魔をしたっていうやつです。宇宙との交信もデマだったんじゃありません？」

「そんな事ないよ」

大王は不快感も露わに言った。

「俺がつかんでる情報を教えましょうか？　身代金交渉が打ち切られたのは、誘拐犯グループがあまりにも法外な金額を要求したからなんです。まあ、早い話金額の折り合いがつかなかった」

「それこそデマだ」

「そんな事ありませんよ」

「その情報は、どこから？」

「俺も宇宙と交信しました」

亨は大王のお株である、天を指さすポーズをとった。

「フフ、面白い人だな、ボンドさんは」笑った大王は席を立ちポケットから千円札を出してテーブルに置いた。「なんか、ちょっと時間の無駄だったみたいだな」

「もうすぐコーヒーきますよ」

「よかったら僕のもどうぞ」

引き止める亨を大王はかわした。

「あっ！ あと、甲斐峯秋がさらわれたっていうの、あれも眉唾ですね。動画見ましたけど、どっかから引っ張ってきた画像にそれらしい文章をのせただけでしょ？ 作ろうと思えば作れる、誰かの悪いいたずらじゃないですか？ たちの悪いいたずら」

亨は立ち去ろうとする大王を呼び止め、さらに神経を逆撫でするようなことを言った。大王は一瞬顔色を変えたが、また不敵な笑みを作って言った。

「フフ、知らないっていうのは恐ろしいな」

「はい？」

「この世の中には、陰謀が渦巻いているんです」

「そうかもしれませんね」

　ふたりの間に火花が散った。

　その様子を少し離れた場所から見ていた右京が立ち上がり、享に目配せをした。あらかじめ大王の後を尾行することになっていたのだ。大王が運転する車を、右京のファンシーな形をした小型車が追いかけた。途中、携帯が鳴り、右京は耳に嵌めたヘッドセットで受けた。電話は伊丹からだった。右京に言われて、伊丹は芹沢とふたりで高山が自殺したホテルに赴き、防犯カメラに大王が映っていないかを調べていたのだった。結果はノーだった。

　やがて大王の車は住宅街に入って、ある駐車場で停まった。右京も距離をとったところで車を停め、おそらく自宅だろう、大王がマンションの一室に入っていくのを確かめた。玄関ドアが閉まってしばらくしたところで、右京はその前に立った。表札には〈綾《あや》辻隆一《つじりゅういち》〉と出ている。右京は躊躇《ためら》いもなくチャイムを鳴らした。

「どなた？」

　右京はドアののぞき穴に向かって手を振った。やがてドアが開き、大王が怪訝な顔で出てきた。右京はドアノブを強く引っ張って日系外国人を装い快活な口調で言った。

「やあ！　どうも！　しばらく！」

そういいながら大王をハグした。虚を衝かれた大王は言葉も出ない。

「えっ？　ちょ……」

「どなた？」

とぼける右京に、それはこちらのせりふ……と言い返そうとした大王に、間髪容れずに右京が表札を読む。

「綾辻隆二」

「僕です」

「亀山薫《かめやまかおる》くんじゃ？」

「違います」

右京は滑稽な英語混じりの言葉で続けた。

「オー　マイ　ガーッ！　ホエア　イズ　ニューヨークで一緒だった、ミスター　カメヤーマ？」

「ちょ、ちょっと、知りませんよ、そんな人」

強引に中に入ろうとする右京を、大王は必死で止めた。

「つまり僕のミステーク？」

「オオ！　ソーリー。大変失礼しました。どうも昔っからそそっかしくて……」

「とにかく違うんで」

大王、すなわち綾辻は迷惑そうに扉を閉めた。

八

「無事だといいんだがな」

特命係の小部屋で物思いに耽《ふけ》っている享に、コーヒーを貰いに来た角田が声をかけた。

「ええ」

「犯人は革命税とか言って金銭を要求しているみたいだが、新世代革命軍なんてグループ、公安も初耳だそうだぞ」

「みたいですね」

「新手のグループかねえ……火の玉大王っていう奴とは面識はあるのか？」角田が訊ねる。

「あります」

「仲間と一緒に物騒な事しそうな奴か？」

享は大王の顔、オフ会に集った仲間の顔を思い浮かべた。

「そうは見えませんでしたけど」

「まあな。いかにもテロリストでございって佇まいのテロリストなんて、いないからな。普段はごく普通の人に見えるもんだ」

「まあ、普通でもありませんでしたけどね」

「ん？」

「いや、なんでもありません」

「しかしなんでまた、次長が狙われたんだ？」

物思いに耽っていた亨が、多少煩《うるさ》そうにあしらっているところへ右京が帰ってきた。

「あっ、お疲れさまです」

「どうも」

と同時に亨のスマートフォンが着信音を鳴らした。悦子からだった。

――もしもし、私。今、大丈夫？　またお父さんの画像が掲示板に上がってるんだけど、見てる？　今度は静止画像じゃなくてちゃんとした動画よ。

ネットに上げられたその動画が、捜査本部の大きなスクリーンに映し出された。捜査員はみな、固唾を飲んでその画像に見入った。

――誘拐事件が起こったのはね……。

峯秋は椅子にゆったりと座り、余裕のある態度で事件のことを語っていた。

――もっとも、事件発生を知ったのは、猪瀬社長がさらわれてから丸二日以上経ってからだったが……会社と社長の家族が事件発生を隠したまま、それこそ地元警察にも届けずに、水面下で犯人側と身代金交渉を続けていたからだ。私はその気持ちはよくわかるよ。地元警察に届ければ、まもなくエルドビア政府の知るところとなり……政府は犯人側といかなる身代金交渉も許さないという姿勢を貫いていたからね。しかし、誘拐事件発生を隠し通すなんて事は、簡単ではない。何しろ地元では有数の大企業である大東亜メタルの社長が、忽然《こつぜん》と姿を消したんだからね。

そこでボイスチェンジャーを通した声が質問した。

――水面下で進んでいた身代金交渉の邪魔をしたのはなぜか？

峯秋は不快感も露わに答えた。

――邪魔をしたつもりはない。ただ、邦人の誘拐の事実を知った以上は、日本国政府としては人質の安全確保に向けて最大限の努力を払う必要がある。それにはエルドビア政府と一致協力して事に当たらなければならないのは当然だ。私はね、エルドビア政府の担当者に何度も言ったよ。最優先は人質の命だと。無傷で取り戻すのが第一だと。

――身代金交渉を否定しているエルドビア政府には、人質奪還の手段は事実上軍事的オプションしかない事を、知らなかったとでも言うつもりか？　口では人質の命が最優先と言いながら、無傷で取り戻す事など不可能と思っていなかったか？

——そんな事はない。

峯秋は言下に否定した。

——最悪、人質が死亡してしまっても仕方ないと思っていなかったか？　すなわち未必の故意だ。

——バカな！

——身代金交渉は、極めて平和的な解決方法である。なぜならエルドビアでは誘拐がビジネスだからだ。ビジネスライクに事が進むのだ。

峯秋は首肯した。

——まさしく誘拐がビジネスになっている事を憂慮する結果、エルドビア政府は身代金交渉を否定しているんだよ。身代金が手に入れば、犯人グループは味をしめて次の誘拐の計画を立てるだろう。どこかで歯止めをかける必要があるんじゃないのかな？

——つまり、日本国政府がエルドビア政府の意向に協力したという事か？

——日本国政府だって、彼《か》の地で邦人の誘拐が頻発するような事態は困る。それを避けるためにも、相手のビジネスにくみするわけにはいかなかったんだ。

——テロリストとは交渉しない。また、テロリストには屈しない。つまりそういう事か？

——それが基本的な考え方である事は、否定しないよ。

――その勇ましいお題目のもと、邦人をひとり見殺しにしたわけか？

――見殺しになどしていない。

そこでボイスチェンジャーの声は話題を変えた。

――あなたは無事に解放されたいか？

――愚問だね。

――はっきり答えろ。

――無事に解放されたいに決まってるだろう。

そこで画像は落ちた。いや、終わったと思ったらまだ続きがあった。

「参事官！」

捜査員のひとりがスクリーンを指さした。そこには警視庁が犯人に送ったメールの画面がそのまま、つまり身代金に応ずる考えがある旨がはっきりと示されていた。そこにボイスチェンジャーの声が重なる。

――交渉せず屈しないと言いながらも、警察はわれわれの要求に応え、水面下での身代金交渉に応じた。このまま邪魔が入らなければ、警察庁次長の甲斐峯秋は無事に解放されるだろう。

つまり警視庁側の二枚舌が公然と晒されたわけだ。中園は愕然とした。

「なんだ？　この野郎」

特命係の小部屋で、享のパソコンの画面で映像を見ていた角田が憤った。

「次長は撮られている事を意識していないようですねえ」

右京が指摘すると、享が応じた。

「こっそり撮った映像でしょうか」

右京は大王を尾行した結果を伝えた。どこへも寄らずに自宅に帰ったこと、中を覗いたが人を監禁できるようなスペースはなかったこと、綾辻隆一というのが本名であること。そして近所に聞き込んでみたら、大学の非常勤講師を務めているということだった。

九

深夜、火の玉大王こと綾辻隆一の自宅のそばに、捜査一課の覆面パトカーが停まっていた。三浦がやってきてウインドウを叩く。車内では伊丹と芹沢が張り込んでいた。

「うう、冷えるなあ」

「よくここが」

後部座席に滑り込んだ三浦を、伊丹がルームミラー越しに睨む。

「ホテルでふたりでうろちょろしてるのを他の班に目撃されてる。おおかた特命係とつるんでるんじゃないかと思って警部殿に連絡してみたら、案の定だった」

三浦が種を明かした。

「戻りませんよ」

伊丹が反抗的な口調で言った。

「俺もそこまで野暮じゃねえよ。ほら、差し入れだ」

三浦はコンビニの袋をふたりに渡した。

「おっ、ありがとうございます！」

芹沢が満面の笑みで受け取る。中には菓子パンや飲み物が一杯入っている。

「大好物だろ」嬉しそうにふたりを見た三浦が前方に目を遣った。

「おい、どこだ？」

「あの二階の明かりのついた左端の部屋です」

芹沢が綾辻のマンションを指さす。

「任意で引っ張れないのか？」

「いやあ、まだ十分な嫌疑があるわけじゃないですからね。杉下警部のアンテナにひっかかってるだけで」

「だな……ほんじゃ」

芹沢が菓子パンの袋を開けながら答えた。

帰ろうとする三浦を、伊丹が引き止めた。

「せっかく来たんだから、張り込みぐらい付き合えよ」

「ん？」

「ああ、失敬。ついタメ口で言ってしまいました」

うそぶく伊丹に三浦が応じた。

「おまえたち一兵卒と違って、俺は忙しいんだ。係長だから」

「そいつは失礼しました」

伊丹がおどけた。ぎくしゃくしていた三浦との新しい関係に、ようやく慣れてきたように見受けられた。

「頑張ってくれよ」

車から降りて、ドアを閉めた時だった。綾辻のマンションへ向かう若い男と三浦の視線が合った。男はしばし立ち止まっていたが、やがて一目散に駆け出した。

「おい！　ちょっと待て！」

三浦が追いかけ、驚いた芹沢が「俺も行きます！」と車から降り、その後に続いた。

若い男は公園に逃げ込んだところでつまずいて転んだ。三浦は男の腕をつかみ、立ち上がらせた。

「おい、なんだ？」

「あんた、警察だろ！」

若い男は怯えながら叫んだ。

「そう見えるって事は、なんか悪さしてる証拠だぞ。ちょっと、かばん見せて。かばん」

三浦がメッセンジャーバッグに手をかけて肩から外し、中を確かめようとした時だった。左足に形容しがたい衝撃を受け、三浦はうめき声を上げた。瞬間、何があったかわからなかった。見ると左足の大腿部にナイフが刺さっていた。若者はナイフの柄から手を離し、怯えて後ずさりした。

「三浦さん？」

ようやく追いついた芹沢が暗闇にうごめく人影に声をかけた。それを聞いて若者は脱兎のごとく逃げ出した。

「係長！」

異変に気付いた芹沢が三浦に駆け寄る。三浦はナイフが刺さった左腿を押さえながら、

「平気だよ！　追え！　とっつかまえろ！」

と芹沢を怒鳴りつけた。

「はい！」

芹沢は若者の後を追いかけた。

「待てってってんだ、この野郎！」

怒り心頭に発した芹沢は猛烈な勢いで追い上げ、地下道に入ったところで若者を張り

倒して取り押さえた。

一方、外の異変に気付いてマンションの部屋から逃げ出そうとした綾辻は、伊丹によって捕えられた。

ひとり公園に残された三浦は、今まで経験したことのない痛みに襲われていた。大腿部に深く突き刺さったナイフは、いくら抜こうとしても抜けなかった。傷口から出た大量の血で、スーツのズボンはぐっしょりと濡れた。痛みで麻痺したような頭の片隅に「俺、死ぬのかな」という意識が初めて芽生えていた。

十

「次長は淡々と当時を振り返っていますねえ。少なくとも、脅されてしゃべっているようには見えない」

特命係の小部屋では、右京が自分のパソコンでネットに流れた映像を見ていた。

「火の玉大王、こと綾辻隆一相手に、こんなふうに話すでしょうかねえ」

それまでデスクでノートパソコンを開いていた享が、それを手にやってきた。

「その答えになるかどうかはわかりませんけど、ちょっとこれ見てもらえます？」

大王がフェイスグッドをやっていないか調べてみたところ、意外な人物と繋がっていたのだ。

「ここを見てください」

　享の指さした先に、猪瀬幸徳の顔があった。

　その幸徳は、警視庁を出ようとする内村を捕まえて質問を浴びせていた。

「結局、テロリストとの交渉にも応じるんですね」

「会見は明朝だ」

　内村は迷惑顔で追い払おうとしたが、幸徳は食い下がった。

「やっぱり人質になっているのが一般人ではなくて、警察庁の幹部だから交渉するんですか？」

「聞こえなかったのか？　明朝だよ」

　公用車に乗り込もうとする内村に詰め寄る幸徳を、運転手が阻んだ。幸徳は構わずタブレットの画面を内村に突きつけた。

「ネットで非難ごうごうですよ」

　仕方なく内村が目をやる。

〈一般市民は見捨てるくせに官僚は助けるのかよ〉

〈人民は弱し官吏は強し〉

〈エルドビアと同じように今回も見捨てるのが筋だろ〉

〈弱腰は相変わらずだな〉

内村は幸徳をじっと睨み、

「帝都だったかね？　君の態度は会社のためによくないよ」

そう言い捨てて車に乗り込んだ。


三浦が刺されたという知らせは、伊丹によって特命係のふたりにもたらされた。ふたりは悲痛な思いで伊丹とともに取調室の隣の部屋で、マジックミラー越しに覗いた。

「仲間か？」

捜査一課の刑事たちに尋問されている若者を伊丹が指さす。

「ええ。〈蛸壺〉さんです」享が答える。

「蛸壺？」伊丹が聞き返す。

「ハンドルネームです。それ以外はわかりません」若者を凝視して、享が続けた。「でも信じられない。彼が人を刺すなんて……」

享はひとり取調室に入って行った。

「ボンドさん！」

若者は、享を見て目を丸くした。

「どうも。蛸壺さん」

享は蛸壺を鋭い目で射たまま真向かいに座った。

「そうだったのか……恐ろしいな、世の中は」

気弱そうに声を震わせて俯いた蛸壺は、次のひと言でさらに驚くことになった。

「改めて自己紹介します。僕の名前は甲斐享です」

「甲斐？」

「ええ。甲斐峯秋の息子です」

顔面蒼白の蛸壺を取調室の隣室からマジックミラー越しに見ていた右京は、伊丹に小声で言った。

「次長の件に関わっている事は、間違いなさそうですねえ」

三浦は病院に運ばれて、治療を受けた。思った以上の重傷で出血も甚だしく、ベッド脇にはバイタルサインを示すモニターが信号音を発していた。仰臥《ぎょうが》したまま身動きもできない三浦の傍らで、芹沢がオロオロと座っていた。

「いいから行けよ」

時間を気にしているらしい芹沢に、三浦が声をかけた。

「はい。でも……」

心配顔の芹沢を、三浦は低い声で諭す。

「死にゃあしねえよ。見てのとおりピンピンしてんだろ？」

言いつつ、激痛に顔を顰めた。とてもそうは見えなかった。

綾辻の車の中から発見されたスタンガンは、鑑識課に持ち込まれて詳しく調べられた。その結果、スタンガンの電極部分に付着していた微量の汗と、警察庁が提出した峯秋の櫛《くし》に残っていた毛髪のＤＮＡが一致した。

米沢からその報告を受けた伊丹と芹沢は、蛸壺とは別の取調室に入れられていた綾辻の前に立った。

「おまえが、警察庁次長甲斐峯秋を拉致した……そうだな？」

伊丹が綾辻の後方にまわり、両肩にどんと手を置いて訊いた。

「証拠出ちゃってるから、素直に言っちゃった方がいいよ」

芹沢が脇にしゃがんだ。

「仲間は何人だ？　蛸壺以外、誰がいる？」

伊丹が迫るが、綾辻は無表情のままだんまりを決め込んだ。芹沢が追い討ちをかけた。

「次長は今どこ？　もちろん無事だよね？　身代金目的の略取に殺しまでついたら、目も当てられないよ！」

そこに右京と享が入ってきた。

「どうですか？」

右京が訊ねると、伊丹がため息を吐いた。

「ええ。だんまりですよ。うんともすんとも言いやしねえ」

右京は綾辻の真正面に座り、語りかけた。

「はじめまして。いや、ではなくて、実はあなたとはチラッとお話しした事があります」

綾辻は怪訝な目つきで右京を見返した。

「ジェームズですよ。その節は失礼致しました」

綾辻の顔色が変わった。

「驚かれたようですねえ。ついでにもう少し驚かすと、あなたもご存じのこちらの彼は、甲斐享くんです。警察庁次長、甲斐峯秋の息子」

取調室に入ってきたときから目が釘付けになっていた享の顔を、綾辻は改めてしげしげと見た。

「大王さん……綾辻さんとおっしゃるんですね。証拠も挙がったようですし、すべて話してもらえませんか？」

綾辻は狼狽を隠せずに声を震わせた。

「驚きました。あなた、警察官だったんですね」

享が重ねる。

「あなた、猪瀬幸徳さんとお知り合いなんですね。エルドビアの一件は猪瀬さんから聞いた……そうでしょ？　その話をネットで放送した。違いますか？」

「猪瀬って？」

芹沢に小声で訊ねられ、右京が答えた。

「今回の一件を仕組んだ張本人です」そして事件のあらましを明かした。「運転手の話では、次長の公用車は前を乗用車に、後ろをワゴン車に挟まれた状態で足止めされました。後ろのワゴン車にはあなたが、そして前方を塞いだ乗用車には、猪瀬幸徳が乗っていたんです。ふたりが次長をさらったんです。そして、あなた方はどこかに次長を監禁して撮影を行い、その映像を掲示板にアップした。その際、次長と話をしたのはおそらく猪瀬幸徳でしょうねえ。エルドビアの事件の当事者ではないあなたには、あの話を次長から聞き出す事は出来ませんから」

それを聞いて、伊丹が首を捻った。

「ちょっと待ってくださいよ。じゃあ、蛸壺は？」

「そこです。実はカイトくんがしきりに、蛸壺さんたちは変わった人たちだけれど、犯罪に加担するとは思えないと言うんですよ。僕は彼らをよく知らないのでそのあたりの判断はつきかねますが、しかしカイトくんの見立てについては一目置いています。そこで考えてみました。どうやって蛸壺さんたちを犯罪に加担させたのか……」右京は綾辻の様子を窺ってから言った。「信じ込ませた……そうですね？」

「信じ込ませたって？」今度は芹沢が訊ねた。

「陰謀説をですよ。次長は十年前のエルドビアの事件について、いわば秘密を暴露してしまったわけですから、当然それを快く思わない連中がいる。つまり政府が次長の命を狙っている、と。そういう話が三度の飯よりも好きで、無条件に信じる人たちです。ましてあなたたちならば、いともたやすくその話を彼らに信じ込ませる事が出来る。蛸壺さんが三浦さんを刺したのも、吹き込まれた陰謀説を信じていたからに他なりません。彼らにとって警察は刺客に等しい存在なんですよ。おそらく今現在、次長は蛸壺さんの仲間たちと一緒にいるでしょう。しかし蛸壺さんの仲間たちは、次長を略取したとは思っていません。むしろ保護している、そう思っているはずですよ」

十一

まさにそのとおりだった。そのころ、綾辻を失った仲間たち三人は、峯秋の前に座り込み、監視を続けていた。

「君たちはどうかしているよ」

椅子から立ち上がった峯秋を、彼らはバットを掲げて押しとどめた。

「駄目ですよ出たら」

スーツを着た男が言った。

「安全が確保出来るまでここにいてください」

もうひとりの男が立ちはだかった。

「誰かが僕を殺しに来るとでも思ってるのかね？　そんなバカな話……」

呆れ顔の峯秋に、椅子に座っていた若い女が立ち上がって大阪弁で言った。

「しょせん使い捨てやで、次長さんかて。都合が悪うなったら簡単に消されちゃうんやから」

「僕らあなたに同情しています」

スーツ男が言った。

「同情？」峯秋が聞き返す。

「見殺しにしたくてしたわけじゃない事は、わかってます。命じられてそうしただけでしょ？」

もうひとりの男が続けた。

「すべて陰に隠れて社会をコントロールしてる連中が悪いんですよ。あなたは被害者です」

「うちらが守ったるさかい」

三人を見回して、峯秋は頭を抱えて再び椅子に腰を落とした。

「君たちを見ていると、日本の将来がたまらなく不安になるよ」

ちょうどそのとき、綾辻の供述から監禁場所を突き止めた特殊捜査員が建物を囲んでいた。高床式の小屋のような造りの建物に梯子をかけて、目標の部屋を取り囲むと、捜査員たちは窓を叩き割って一気に侵入した。武器といえばバットと角材くらいしかなかった彼らを取り押さえるのは、赤子の手を捻るようなものだった。

「次長、お怪我は？」捜査員が訊いた。

「大丈夫だ」峯秋は難なく救出された。

「離せよ！」

捜査員たちに捕えられた三人は、身を捩《よじ》って叫んだ。

「子供だ！　手荒にするんじゃない！」

峯秋は捜査員を一喝した。

峯秋が無事救出されたという一報で、警視庁の捜査本部は沸いた。その知らせは警視庁記者クラブにも即座に流れたが、朗報を喜ぶ記者のなかでただひとり、帝都新聞の猪瀬幸徳だけが複雑な顔をしていた。しばらく席にうずくまっていた幸徳は、何かを思い立ったように立ち上がり、廊下に飛び出した。そこに右京と享が立ちはだかった。

「ちょうどよかった。少しお話ししたい事があるのですが」

驚く幸徳の前に右京が進み出た。そしてふたりは幸徳を警視庁の屋上に連れて行った。

「綾辻隆一がすべて話してくれましたよ」

右京が口火を切ると、享が続けた。

「あなたとは、小学生時代の同級生だそうですね」

立ちすくむ幸徳に、右京が穏やかな口調で言った。

「意外そうな顔をなさっていますねえ。彼がしゃべるはずがないと思っていましたか？確かに、彼は警察に拘束されてからも何も語ろうとはしませんでした。彼なりにある種の義憤にかられてあなたに協力したのですから、あなたを裏切るわけにはいかないと思っていたのでしょう。しかしあなたが人殺しまでしていると知って、態度が変わりました。さすがに人殺しとなると話が違う。綾辻隆一も、これ以上あなたには協力出来ないとなったようですねえ」

「本気で僕が人殺しだと言ってるんですか？」

鼻で笑うようにあしらった幸徳に、享が一枚の写真を突きつけた。

「あなた、高山専務が遺体で発見された日の前夜、プレンシャルホテルに行っていますよね？」それはホテルの防犯カメラに映っていた幸徳の画像だった。享が続ける。「そしてホテルのレストランで、高山専務と食事をしているじゃありませんか。他殺の疑いが出てきて改めて捜査が進む中、高山専務が死亡する前夜、何者かと食事をしていた事はわかっていたんですが、捜査線上に浮上していたのが綾辻だったため、あなたにたどり着かなかったんです。レストランの従業員にあなたの写真を見せたところ、一緒に食事をしていたのはあなたに間違いないと証言してくれました。いずれにしても高山専務と面識がないなんて、大嘘じゃないですか」

亨の言葉を右京が引き取る。

「エルドビアでの事を詳しく聞きたい……そんな口実で高山専務とはお会いになったのでしょうねえ。被害者の息子であるあなたがそれを望めば、高山専務も断らなかったと思いますよ。違いますか？」

「ええ。そのとおりですよ」

幸徳は動かぬ証拠を突きつけられ、食事を済ませた後、場所をホテルの部屋に移したことを告白した。

「高山専務の遺体からは二種類の毒が検出されていますが、そのうちの一つ、テトロドトキシン。あなたは部屋に入ってすぐそれを高山専務に飲ませましたね？」

右京の言葉に、幸徳は頷いた。最初の毒物は、高山に淹れたコーヒーに混ぜて飲ませたのだった。右京は二種類の毒の謎を解いてみせた。

「ご承知のとおり、テトロドトキシンは神経毒で、じわじわと効果が表れます。最初は指先や唇の痺れでしょうか。いずれにしても症状は悪化していったと思います。さて、ではなぜあなたはそんなまねをしたのでしょう」無言の幸徳に、右京が訊ねた。「遺書に署名をさせるためですね？　あなたはあらかじめ用意した遺書に、名前を書くように強要したんですよ。テトロドトキシンはそのために必要だった」

　床に倒れて苦しむ高山に、サインをすれば病院に連れていくと言って、幸徳は万年筆を渡した。

　次に右京は万年筆とボールペンの謎を明かした。

「しかしそこでひとつ、誤算がありましたよねえ。仰臥した状態で書くと、万年筆のインクというのはうまく出ないんですよ。そこであなたは、部屋にあったボールペンを使わせた。ボールペンならば仰臥した状態で書いても、名前を書く間ぐらいはインクが途切れる事はありませんからねえ。万年筆とボールペンで書かれた遺書の署名、使われた二種類の毒……それらを重ね合わせてみると、その時の状況がくっきりと浮かび上がってきました。いずれにしても、高山専務に署名をさせるという目的を果したあなたは、命を助けるという約束を破った。応急処置の解毒剤、とでも偽って次なる毒を飲ませたのでしょう。青酸カリは即効性ですからねえ。ほどなく高山専務は亡くなったと思います」

　享が付け加えた。

「あなたはやはり亡くなったお母さんに、エルドビアでの真相を聞いていたんですね。

そして、どうしても甲斐峯秋のした事を世に知らしめたくなった。違いますか？」

幸徳は答える代わりに、享を睨みつけてこう言った。

「あなたのお父さんは立派ですね」

「はい？」

「立派なクズですよ」

吐き出された幸徳の言葉に、享はしばらく目を宙に泳がせた。

「同感ですよ」そして幸徳に目を据えると続けた。「でもね、他人に父親をクズ呼ばわりされるのは、いい気持ちしませんね」

その一瞬後のことだった。思わぬスピードで繰り出された享のパンチに、幸徳の体はコンクリートの床に転がった。

「カイトくん！」

さらに幸徳に追い討ちをかけようとする享を、右京が低い声で制した。そしてうずくまる幸徳に言った。

「高山専務を殺す必要がありましたかねえ？　高山専務の証言を得て、隠されていた真相を世に問えばよかったのではありませんか？」

幸徳が立ち上がり、いきなり口汚く声を荒らげた。

「そんなんじゃ誰も耳を貸しはしねえんだよ！　関係者の死の間際の告白だからこそ、

みんな興味を示すんだ。なのにびっくりしたよ。まさか遺書を隠蔽するとは思わなかった。発見された遺書をもとに、盛大な記事を書いてやろうと思ったのによ！」

激高する幸徳の言葉をやり過ごして、右京は左手の人さし指を立てた。

「最後に、もうひとつだけ。次長の略取は最初の予定にはなかった行動だと思うのですが、このあとはどうするつもりだったのですか？」

「もちろん無事に解放するつもりだったさ。そうすれば世間は身代金が支払われたと思う。関係者がいくら否定したって、いや、否定すればするほど、みんなは疑問を抱く。世の中、真実かどうかなんて実はどうだっていいんだよ。人は信じてえ事だけを信じるんだよ！」

憎々しげに吐き出される幸徳のせりふを、右京は目を半眼にして聞いていた。そして言った。

「まさか、あなたから真実というものをないがしろにする言葉を聞くとは思いませんでした。新聞記者として、恥ずかしくありませんか？」

しかし幸徳には、その言葉の意味するところが、まったく届かないようだった。

「あんたも父親を見殺しにされてみろ。そうすれば、ちっとも恥ずかしくねえ事がわかるよ」

「恥知らずには何を言っても無駄ですか？」

哀れむように向けられた右京の目の奥には、しかし強い怒りがこもっていた。

「そうだな」

斜《はす》に構えた幸徳に、右京の怒りが炸裂した。

「開き直るんじゃない！」

右京から顔を背けた幸徳は、視線が定まらぬままふらふらとした足どりで二、三歩あゆみ、

「ああーっ！」

と夜空に向かって咆哮した。

十二

その翌日、警察病院に三浦を見舞った伊丹と芹沢は、あまりのことに我が耳を疑っていた。

「一生ですか？」

芹沢が聞き返した。

「ああ」ベッドに仰臥した三浦は、ふたりから目を逸らして力なく答えた。「一生杖が手放せないそうだ。まあ、神経やられちまったらしい……想像以上に重傷だったよ」

「う、嘘だろ」

伊丹は茫然として訊ねた。

「そんな嘘つくわけねえだろ」激痛に顔を顰めながら、三浦はボソリと続けた。「人間《じんかん》万事塞翁《さいおう》が馬……そう思うしかねえな」

そう言って虚空に目を遣る三浦を見て、耐えきれなくなった伊丹は病室を飛び出した。そうして廊下を足早に歩きながら、握りしめた拳で宙を殴り、人目のない廊下の隅に来て手すりに両手をついた。

涙を堪《こら》え、遣り場のない悲しみと怒りに打ち震える伊丹は、とうとう手すりにすがって床に崩れ落ちた。後を追ってきた芹沢は伊丹の姿に足を止めた。もはやかける言葉もなかった。

留置場の床にひとり座っている幸徳の前に、享が立った。

「どうも」

「何か？」

見上げた幸徳に、享が訊ねた。

「親父を撮影した映像の元データはどこにあります？　綾辻隆一はあなたに渡したと言っています。掲示板にアップした映像は編集したものでしょう？」

「何が見たいんですか？」

「何が？　……特に何がというわけじゃなく、親父がしゃべった事をすべて知りたいんです」

「元データは破棄しました。本当ですよ。どうせもう僕の家から社のデスクまでくまなく調べてるんでしょう？　元データはありません。申し訳ない」

　享は肩を落とした。

「そうですか」

　そのまま歩み去ろうとした享を、幸徳が呼び止めた。

「ああ！　編集したと言っても一箇所だけですよ。最後の質問と答えをカットしました」

「最後の？」

　それは動画の最後、無事に解放されたいかとの質問を嘲笑い、

　――愚問だね。

と答えた峯秋の言葉の後に出たものだった。

　――はっきり答えろ。

との幸徳の追及に、問答はこう続いていたのだった。

　――無事に解放されたいに決まってるだろう。

　――身代金を払ってもらって、生きて帰りたいわけですね？

――そうじゃない。身代金と引き換えに助かりたいなんて、これっぽっちも思ってはいないよ。常に覚悟は出来ている。でも僕だって無事に解放されたいさ。しかし、金銭の取引は期待していない。警察がここを発見して、救出してくれるのを静かに待ってるんだよ。命乞いなどいかなる時も考えてはいない。

「最後の答えは、アップするのに都合が悪かったんで」

　幸徳が付言した。

「ありがとう」

「そうでしたか」

　特命係の小部屋で享からその話を聞いた右京は頷いた。

「プライドの塊みたいな人ですからね。犯人に命乞いをするような事を言って、それでよしとするとは思えなかったんで」

　享は自分の確信が正しかったことを知った。

「しかし元データがないとなると、次長の名誉を回復するのは少々難しいですね」

「そんな必要ありませんよ」

「はい？」

「世間の悪評なんか気にも留めない人ですから、親父は」

息子のその確信も、やはり当たっていた。

警察庁の次長室では、右京が口にしたのと同じ危惧を、秘書が峯秋に投げかけていたのだった。峯秋はいかにも詰まらなそうに答えた。

「構わんよ。〝人の噂も七十五日〟……いや、今はその半分ぐらいってとこかね」

「そうですが……」

「私はやるべき仕事をやっただけだ。言いたい奴には言わせておけばいい」

秘書の言葉を、峯秋は一蹴した。

刑事部長室では、内村が珍しく動揺した声を上げて立ち上がった。

「三浦が！　辞める？」

中園が答えた。

「はあ、一応、内勤を勧めて慰留したのですが……」

「そうか……」

その話を耳にしたのち、右京と享は警察病院に三浦を見舞った。

「これはこれは、警部殿にお坊ちゃま。いや、お揃いで」

ふたりの顔を見た三浦は、力のこもらない声で迎えた。

「聞きました」

享が神妙な声をかけた。

「そう。どうも」応えた三浦は少し間を置いて続けた。「まあ、いろいろありましたけど、なかなか楽しい警察官人生でした」

「そうですか」しばしその言葉を噛みしめていた右京は、それ以上ひと言も応ずることなく、「では」と軽く礼をして、スタスタと病室を後にした。

「いや、ちょっと……」

その態度に面食らった享は、三浦に深く頭を下げ、病室を出た。取り残された三浦は、

「相変わらずだな、警部殿は」

と苦笑いをしながら独りごちて、閉じられたドアを見遣った。

廊下に出てしずかに窓の外を見ている右京の背後に、享が立った。

「どんな言葉を発しても、空回りしそうな気がしてしまいましてねえ」

ため息まじりにそう言って歩み去る右京の後を、享は黙ってついていった。

特命係の小部屋に戻ってなお、それぞれに物思いに耽っていたふたりはしばし無言のままでいた。その沈黙を、右京が思わぬせりふで破った。

「〈花の里〉でも行きますか?」

「え？　だってまだやってないでしょう？」

享が腕時計を見て言った。確かにまだ陽は高い。

「無理言って開けてもらいますよ」

ニッコリと笑う上司に、享は黙って従うことにした。

第二話

「殺人の定理」

一

実に奇妙な、それゆえに、いかにも警視庁特命係の警部、杉下右京が好みそうな殺人事件が起きた。殺されたのは大倉浩一《おおくらこういち》という電機メーカーに勤める三十八歳の男性だった。殺害場所は自宅で、昨夜十時から十二時の間に何者かに後頭部を強打され、死亡したもようだった。凶器は付着している血痕から、部屋にあったトロフィーと見られた……と、そこまでは特にこれと言って変わったところのない事件だったが、異様なのは被害者が事件現場に、自分の血で、ある文字を書き残していたことだった。それは、

「adrink」

というアルファベットの小文字を並べて円で囲んである、というものだった。

鑑識課の部屋に右京とともに赴いた甲斐享は、米沢守からその血文字の写真を受け取ってしげしげと眺めた。

「殺害現場に残されていた血文字といえば……ダイイングメッセージですか？」

「事件を詳しく聞かせて頂けますか？」

案の定、右京が身を乗り出した。米沢によると、メッセージが書かれていた血液は被害者と同じB型であり、おそらく本人の血液に間違いないとのことだった。

「だとすれば被害者は、死ぬまでの短い時間に最後の力を振り絞ってそれを残したんでしょうな」

米沢の言葉に享が応じた。

「じゃあ、これは犯人の名前を表している」

それに右京が異を唱えた。

「一概にそうとは言い切れませんがね」

「えっ？」

「しかし僕の経験上、その可能性は高いでしょうね」

この捻くれ方が右京だとわかってはいるのだが……享はため息を吐《つ》いた。

「だとしても、こんなにわけのわからない謎にする必要があったんでしょうか？　これじゃこっちまでわかんない」

ふたりの遣り取りを他所《よそ》に、米沢が右京に訊いた。

「で、いかがでしょうか？」

「はい？」

「杉下警部なら、既にその謎を解いてしまったのではないかと」

「もちろん……」

と答えた右京に、米沢も享も大いに期待したが……。

「皆目見当もつきません」とはぐらかした上、

「米沢さん、どうもありがとう。カイトくん、行きますよ」

と薄情なほどそっけなく鑑識課を出て行く右京は、やはり〝警視庁きっての変人〟だった。


右京と享は早速殺害現場である大倉の自宅を訪れた。独身貴族らしい大倉の家は「男の隠れ家」的な瀟洒《しょうしゃ》なデザインで統一された造りだった。なかでも目を引いたのは広い書斎の間仕切りにガラスのボードがあり、そこには白いマーカーでびっしりと数式が書かれていることだった。右京と享は大倉が倒れていたという、そのボードの前にしゃがんだ。床から十五センチほどのところに、米沢から写真で見せてもらった血文字が書かれていた。指さし確認して奥に進む。

「ほう！　数学ですねえ。これすべて数学の本ですよ。どうやら被害者は数学が趣味だったようですね」

本棚を見て右京が声をあげた。確かにそこに並んでいる本は、すべて数学にかかわるものだった。

「えー？　数学が趣味なんて人いるんですね。あっ、『数学ファン』なんていう雑誌まであります」享は雑誌をぱらぱらとめくって手を止めた。「あっ、杉下さん。これ被害者じゃないですかね？」

　亨の指さしたページには大倉の投稿が載っていた。被害者はどうやら投稿マニアらしかった。

「ひょっとしてあのダイイングメッセージ、数学に関係してるんじゃないですかね？」

「僕も同じ事を考えていました」

　亨に同調した右京が、机上に置かれたままのノートをめくった。

「うわー、すごいですね」

　亨が声をあげた。ページはすべて数式や図で埋められていたのだ。

　右京は机に並べられた数冊のファイルの背に記されたタイトルを読み上げる。「フェルマー」「ガロア理論」「ホッジ予想」……。

「これはすごい。本格的に数学の研究をしていたようですねえ」

　右京は『数論幾何』というファイルを開いて言った。

「これなどは整数論を幾何学のアプローチで解こうとしている。なかなかのアイデアですよ」

「杉下さん、数学にも詳しそうですね」

　亨に指摘されて、右京はまんざらでもない顔をした。

「いやいや、詳しいほどではありませんが、嫌いではありませんね」

ファイルを繰っているうちに、一枚のメモがぱらりと落ちた。

「なんですかね？　これ」

享が手に取ったメモを、右京が覗き込む。

〈1747（一）〉〈2848（M）〉〈6539（J）〉〈6033（二）〉……。

そこには意味不明の四桁の数字の後ろに括弧つきの一文字が記されたものが、十ほど羅列されていた。

「何の数字でしょうねえ」

右京が首を捻った。

一方、捜査一課の伊丹憲一と芹沢慶二は、被害者の勤務先である電機メーカーを訪れ、聞き込みをしていた。

「金？　大倉くんがですか？」

その話を聞いた上司が驚きの声をあげた。大倉の銀行口座を調べたところ、この二年間に給料とは別に数十万円単位で出所不明の金が何度も入金されていたこと、最後の入金は三か月前で、しかも六百万円という大金だったことを芹沢が説明した。

「そんなに！　いいえ、私にはさっぱり……」

上司が首を傾げたところに、後ろから右京がヌッと現れた。

「そうですか、大倉さんはそんな大金を持っていましたか」

伊丹がぎょっとして振り向いた。

「背後霊かよ」

「そんな予感はしてたんだ」

顔を顰める芹沢に、享が謝った。

「すいません。なんかこの事件、レーダーに引っかかっちゃったみたいで」

「ちょっと失礼」右京は上着の内ポケットから、ビニールの小袋に入れた先ほどの数字が記されたメモを取り出し、上司に見せた。「これに見覚えはありませんかねえ？　大倉さんの部屋にあったものですが、仕事と関係のあるものでしょうかね？」

「いいえ。彼の仕事は社史編纂《へんさん》ですので数字なんて扱いませんし」

上司は首を振った。

「社史編纂。大倉さんはずっとその仕事を？」

重ねて右京が訊ねた。

「彼自ら希望したんです。あまり出世欲はありませんでしたね。でも彼、真面目で人とトラブルなんて起こした事ありませんし……なんで殺されたんですか？」

そこへ伊丹がたちはだかった。

「もうよろしいですか？　っていうか、勝手に割り込まないで頂きたいんですが」

「ああ、これは失礼」

その間にフロアに入り込み、女性社員ふたりを捕まえて聞き込みをしている享を見て、芹沢が声をあげた。

「あっ！　ちょっと何してんの？」

「あ、いや……」享が戻ってきて報告する。「あちらのふたりが事件の前日、大倉さんが女性と会っているのを見かけたそうです」

「えっ、被害者が女性と？」

伊丹の顔つきが変わった。芹沢とともに慌ててその女性社員のもとに駆け寄って聞いたところ、一昨日《おととい》、つまり事件の前日に、彼女たちが友達の結婚式に出席するためロイヤルホテルにいたところ、ラウンジで見知らぬ女性とお茶を飲んでいる大倉をみかけたのだという。

「その女、怪しいっすね。金の出どころと関係あるのかも」

芹沢が耳打ちすると、伊丹も頷いた。

「ああ。一昨日ならギリギリ防犯カメラの映像が残ってる可能性がある。行ってみるか」

「ですね」

伊丹は右京と享を振り返り、

「特命係はついてこないでください」

と幼稚園児のような捨てぜりふを吐いて出ていった。

「行かなくていいんですか？」

伊丹と芹沢を見送った享はため息をついた。

「釘を刺されてしまいましたからね」

右京はしれっと応えて、先ほどの上司に大倉の机を見せてくれないか、と頼んだ。

そのまま何も手を付けていないという大倉の机を、ふたりは調べた。机の上には社史に関する資料ばかり……と思いきや、一冊のファイルを開くと書類の裏には隙間なく数式が記されていた。

「こりゃ暇な方がいいわけだ」

二

「ファーガスの定理？」

大倉の机の上から数式を記した数枚の紙を持ち帰った右京は、特命係の小部屋に戻ってから、数学書とその数式を照らし合わせて結論を出した。

「ええ、間違いありません。それも本格的な研究のようです」

その言葉を口に出して繰り返していた享は、思いついたようにタブレットを取り上げて、あるニュースを検索した。

「あっ、これだ」

そのとき、隣の組織犯罪対策五課の課長、角田六郎が肩越しにその画面を覗き込んだ。

「暇だな」

「びっくりした。なんすか?」

亨のタブレット画面に出ている〈世紀の難問、ファーガスの定理　日本人数学者によって解かれる〉というニュースを指して、角田が言った。

「肥後《ひご》教授だろ? 百年も解けなかった問題を解いちまったっつうんだからな。日本にもすごい天才がいたもんだよ。しかも賞金が一億円っていうんだから」

「えっ、一億円⁉」

亨が驚きの声をあげると、右京が解説を加える。

「ファーガスの定理は、二〇〇〇年に定められた数学の七つの未解決問題、いわゆるミレニアム問題のひとつで、解き方を見つけた者にはアメリカの数学研究所から百万ドルが贈られる事が決まっています。もっとも、認められるまでには世界中の数学者の精査を経なければなりませんがね」

「じゃあ被害者の大倉さんも、ファーガスの定理を研究していた……」

亨が呟くと、右京が立ち上がった。

「気になるのはこれなんですよ」

右京は書類の裏に並ぶ数式の間に記された住所を指した。それは肥後教授の研究室のものだった。

「調べてみなければわかりませんが、おそらく大倉さんは自らの研究をかつての学友であった肥後教授に送ったのではありませんかね」

「かつての学友？」

初耳のことに、享は首を捻った。右京はひとつのリストを取り出して享に示した。それは帝都大学理学部数学科の一九九七年の卒業者名簿だった。

「ふたりは同じ大学の出身なんですよ。しかも同じ時期に同じ研究室にいました」

享はそのリストを熟視した。

「すごい人気ですね」

享は後方から教室中を見回して、小声で言った。

「今話題の人物ですからねえ」

ふたりは肥後教授の教える宮都《きゅうと》大学に赴き、講義に忍び込んだ。確かに階段状になっている大講義室には溢れんばかりの学生たちが、前方のプロジェクターに映る肥後の手によってスラスラと書かれる数式を、固唾を飲んで見守っていた。

「どうかな、諸君」肥後は書き終わって講義室を見回した。「美しい式だとは思わないか？　これがいわゆるゼータ関数です。僕はこの式を書くたびにうっとりとしてしまう」

　亨が右京の耳に口を寄せた。

「こういう種類の人間が、世の中にはいるんですね」

　講義を終えた肥後を、ふたりは研究室に訪ねた。

「大倉が殺された？」

　透明なボードに数式を記す手を止めて、肥後が聞き返した。

「ええ。昨夜自宅で」

「覚えてらっしゃいますか？　大倉さんの事」

　右京が訊ねる。

「ええ、大学が一緒でしたから。とはいえ、卒業以来会っていませんが」

　肥後はふたりにソファに座るよう勧めて、自分も腰を下ろした。

「しかし、郵便物は送られてきてますよね？　書留の控えが郵便局に保管されていました」亨が控えの紙を肥後に示して続けた。「大倉さん、先生と同じくファーガスの定理について研究されてたみたいなんですが、それを先生に送ってきたんじゃありませんか？」

肥後はワンテンポ遅れて答えた。

「ああ、思い出しました。ひと月ほど前、そんなようなものが来てましたね」

「それをどうしました？」亨が重ねて訊ねる。

「どうも何も、証明には程遠いものだったので、その旨を書いて送り返しましたが」

「それだけですか？」

「いけませんか？　それだけでは」

亨は納得のいかない顔で続けた。

「うーん……引っかかるんですよねえ。大倉さんがファーガスの定理についての考察を先生に送ったひと月後、先生はそのファーガスの定理を証明したと発表した。しかも大倉さんが殺害されたのって、先生がその発表をした日の夜なんですよ」

少し離れた机に座り、その遣り取りを聞いていた助手の西野《にしの》恭子《きょうこ》が、血相を変えてやってきた。

「ちょっと待ってください。あなた方は先生をお疑いなんですか？」

右京がそれをなだめた。

「いえ、そういうわけでは。ただ、大倉さんの部屋からは、あるはずのファーガスの定理についての資料がなくなっているんです。おそらく犯人が持ち去ったのでしょうが、なぜ犯人はファーガスの定理についての資料を持ち去る必要があったのでしょうね」

そのとき、肥後が思いもかけないことを口にした。

「僕が、大倉を殺した犯人です」

「認めるんですか？」

驚いて聞き返す享を見て、肥後はニッコリと笑った。

「と、仮定してみましょうか」

「はい？」

肥後は立ち上がり、透明ボードの前に立ってひとつの単語を書いた。

「〈背理法〉です。ある定理を証明するために、あえてそれを否定する事象を正しいと仮定して論理を組み立ててみる。もしそこにひとつでも矛盾が見つかれば、それは否定をするための仮定が間違っていたという事になり、逆説的に定理が証明されるという、数学の世界においては一般的な証明方法です」

右京がそれをかみ砕いて繰り返す。

「つまり、あなたが犯人ではないという事を証明するために、まずは犯人だと仮定してみるという事ですね？」

「そのとおりです」肥後は自信たっぷりにふたりの刑事を見た。「ではやってみましょうか。僕は大倉を殺した犯人だ。僕は彼から送られてきた原稿を我がものとして発表した。当然彼は解答が盗まれたと訴えるでしょう。だから僕は口封じのために彼を殺し、証拠を持ち去った。だが、おかしい。果たして僕は彼を殺す必要があったのか？　彼が訴えたとしても、僕は僕で自分が解いたと主張すればいい。僕の方が解答を先に発表しているし、まだ彼は発表していない。彼が僕より先に解いたという証拠もどこにもない。もし僕と彼の主張がぶつかったとしても、世間はどちらを信用するでしょうか？」

　そこまで淀みない口調で言った肥後は、右京を振り返った。

「当然、教授の方でしょうね」

　頷いた肥後は、さらに続ける。

「だとしたら、僕は彼を殺す必要などない。人を殺すというのは大変なリスクです。そのリスクを冒す必要がどこにもないとすれば、なぜ僕は大倉を殺したのか？　それこそが矛盾しています。それは、つまり僕が犯人だったという最初の仮定に誤りがあったという事です」得意げに肥後は右京と享を交互に見た。「どうですか？　これで僕が犯人ではないという事が証明出来たと思うんですけど」

「なるほど。明快なお答えですね」

　笑みを浮かべて応ずる右京を見て、享が独りごちた。

「あ、なるほど。おふたりとも同じ種類の人間ですね？」

　右京が話題を変えた。

「ところで……こちらの封筒ですがね」右京はテーブルの上に置かれた段ボール箱を指

した。そこには溢れんばかりの封筒が入っていた。「すべて教授宛てですねえ。しかも……おや、全国から」右京は幾通かの封筒の裏書を見て言った。肥後に代わって恭子が答える。

「それは、数学愛好家の人たちが送ってきたものです。世紀の大発見をしたので読んでほしいとか、この問題はあなたに解けるか？　なんて挑戦的なものもあります」

「なるほど。しかしこれだけの数、目を通すだけでも大変ですよ」右京が続ける。

「いえ、それは先生がおひとつおひとつ、お返事を書かれているんです。数学を発展させるためには、数学愛好家の人口を増やす事も大事だと考えておられるんです」

「なるほど！　うーん、それは素晴らしい！」

どうやら肥後に心酔しているらしい恭子の言葉に、右京は手を打って感心した。

「でも、数学って正直、何が面白いんだかさっぱり」

本音を口にする享に、肥後が一枚の紙を示して言った。

「たとえば……この紙一枚で月に行ける方法を考える。これも数学です」

「この紙一枚で月に行ける？　まさか」

首を振った享に、肥後が続ける。

「それが数学の理論では可能なんです。どうです？　少し興味が出てきたのでは？」

「ええ、確かに少し興味が出てきました。で、その答えは？」

享の問いを右京が遮った。

「おや、カイトくん、それはいけませんねえ。教授は自分の頭で考える事が数学の楽しみだとおっしゃってるんですよ」そこで右京は肥後の方を向いた。「教授、どうでしょう。その紙と月の問題、今度教授にお会いする時までの彼の宿題にさせてくれませんかね」

「えっ⁉」

うろたえる享に、右京は立てた指を左右に揺すり、茶目っ気たっぷりに言った。

「もちろん、カンニングはダメダメ、ですよ。フフフッ」

「ああ、はい……頑張ります」

意図を察した享が応える。

「という事は、つまりまたここに来るという事ですか？」

肥後が迷惑そうにふたりの刑事を見た。

「そういう事になりますね」

右京が会釈で返した。

三

次にふたりは、雑誌「数学ファン」の編集部を訪れた。

「確かに大倉さんは、うちが毎号出している投稿問題の常連正解者でした。それが高じてよくここにも遊びに来てましたが、すごい才能を感じさせる人でしたよ」

編集長が答えた。

「大倉さんはファーガスの定理の証明に取り組んでいた形跡があるんですが、彼ならそれに成功してもおかしくないと思いますか？」

亨が訊ねる。

「そうですねえ、彼ならひょっとしたら……でもまあ、結局は肥後先生が先に解いてしまいましたからね」

右京がボードに貼られた雑誌の表紙の校正刷を見て言った。

「来月号は肥後教授の特集ですか？」

「ええ。なんてったって数学界では久しぶりの明るいニュースですからね」

編集部を出たところで、亨が疑問を口にした。

「大倉さんはどうして数学の道に進まなかったんですかね？」

「同じ研究室に肥後さんという天才がいました。その事が関係していたのかもしれません」

それを受けて亨が続けた。

「肥後さんにはとてもかなわない。でも、ずっとライバルだと思って生きてきた。なんか複雑ですね」

「その辺りのところを、もう少し探ってみましょう」

というわけで、次にふたりが訪れたのは大学で彼らを教えていた加藤《かとう》という老教授のもとだった。

「確かに大倉くんは私の研究室の学生でした。もう十五年ぐらいになりますかな。そうですか、殺されてしまったんですか」

加藤は暗い面持ちになった。

「大倉さんはどんな学生でしたか？」

享が訊ねる。

「素晴らしい才能を持ってました。当然卒業後も数学の道に進むものだと思っていましたが……」

「同じ研究室に、今話題の肥後教授がおられましたね？」

右京の問いに、加藤は頷いた。

「ええ。肥後くんと大倉くん、ふたりでいつも侃侃諤諤《かんかんがくがく》、数学論議を戦わせていましたよ」

「じゃあ仲はよくなかったんですか？」と享。

「いやいや、そんな事はなかった。暇を見てはお互い数学クイズのようなものを出し合ったりして、仲は悪くなかったはずです」

「数学クイズ、ですか」右京が聞き返す。

「当時から肥後くんもすごかったが、大倉くんも負けてなかった。そうそう、大倉くんの書いた素数理論には驚かされました。とても学生が書いたとは思えない画期的なものでしたから」

「素数理論……」

　享が呟いた。

「素数って1と自分でしか割れない数ってやつですよね？　6は2でも3でも割れるけど7とか11は割れないっていう」

　特命係の小部屋に帰ったところで、享が訊ねた。アメリカの数学雑誌に発表した大倉の論文に目を通していた右京が答える。

「割れない数である事から、数の原子とも呼ばれています。数学者の中にはこの素数が大好きだという人が多いようですよ」

　享は肥後からもらった紙を折りながら言った。

「素数が大好き？　もう僕の理解を超えますけど……とにかく大倉さんがすごい才能の

持ち主だったという事はわかりました。だったら、彼がファーガスの定理を解いてしまったっていう可能性もあるんじゃ……」

「ところでカイトくん、君、紙一枚で月へ行く問題は解けましたか？」

「ん？　これですか？」

享は先ほどから折っていた紙飛行機を右京の方に飛ばした。

「おやおや」右京が苦笑する。

「しょうがないじゃないですか、わかんないんだから。それより杉下さんは解けたんですか？　例のダイイングメッセージ」

「“adrink”……考えてはいるのですがねえ」

「でも解けない」

「残念ながら今のところは。あっ！　でももうひとつの謎の方は解けましたよ。これ」

右京は大倉の部屋で見つけたメモを取り出した。

「四桁の数字のあとに一、二、M、Jと記号があります。これは証券市場、すなわち東証一部、二部、マザーズ、JASDAQではないかと考え、当てはめてみたところ、実在の企業とぴたりと一致しました。これです」右京はもう一枚の紙と照合してみせた。

「じゃあこれは、株取引の時に使われている証券コード？」

「ええ、そのようですねえ」

「でも大倉さんは、なんでこんなものを？」

亨が首を傾げたところへ、右京の携帯が着信音を鳴らした。

「おや、米沢さん、なんでしょう？」

捜査一課の部屋では、芹沢が新たな情報を伊丹に告げていた。ロイヤルホテルで大倉と一緒にいた女性の身元が割れたのだという。ホテルから女を乗せたタクシーの運転手が降ろした場所を覚えていた。

「どこだと思います？」

芹沢がじらした。

「早くしろよ！」

急かされて、芹沢は警備部から借りてきたという資料を出した。女の名前は趙美麗《ちょうみれい》。東亜民主共和国大使館に勤める外交官だった。

「ねえ、なんかありそうっすよねえ」

「しかし、大使館員ってのは厄介だなあ」

顔を顰めた伊丹に、芹沢はもうひとつ、米沢から得た情報を伝えた。大倉の車のカーナビに履歴が残っており、それによるとここひと月ほどは週末ごとに肥後の自宅に通っていたということだった。

「肥後って……あの肥後教授か？」

伊丹が意外そうに聞き返した。

「そう」

翌日、伊丹と芹沢は宮都大学に肥後を訪ねた。

「一体、週末ごとに大倉さんは何をしに来ていたんですか？」

伊丹が単刀直入に切り出した。

「ひと月ほど前、数学問題の解法を研究室に送ってきたんです。その返事を僕が返したら、今度は家に訪ねてきて……それから数学談義をしにちょくちょく来るようになりました」

肥後が答えると、ドアの方から聞き覚えのある声がした。

「だったらどうしてそれを言わなかったんですか？　昨日は卒業以来会っていないと言ってましたよね」

そこには、声の主の享と、その隣には右京が立っていた。

「米沢の野郎……」

ふたりを見た伊丹が、情報を漏らしたに違いない米沢に毒づいた。

「決まってるでしょう。余計な事を言って時間を無駄にしたくなかったんです。僕も何かと忙しいもので」

　構わず答える肥後に、芹沢が重ねて訊ねた。

「先生、ちなみに十七日の夜、どこで何を?」

「その日はファーガスの定理を発表した日です。真っすぐ帰って寝ていました」

「それを証明する事は?」と芹沢。

「大定理は証明出来ても、そういう事は難しいなあ。なんせひとりで暮らしているもんですから」

　肥後は苦笑した。

「そうですか、わかりました。失礼しました」

　あっさりと引き下がった伊丹は、「ふーん」と右京と享に皮肉な視線を投げ、芹沢を引き連れて研究室を後にした。

「今日お見えになったという事は、例の宿題が出来たという事ですか?」

　ふたりの刑事を見送ったところで、肥後が訊ねた。

「えっ?　ああ、それは今、考え中です」

　出鼻をくじかれた享に代わって、右京が口火を切った。

「大倉さんは、なぜファーガスの定理をあなたに送ったのでしょう。それが気になりましてね」

肥後が答える。

「僕がファーガスの定理を研究していた事は、発表前から知られていた事です。だから僕に意見を求めたかったんじゃないでしょうか」

「しかし、大倉さんはあなたに複雑な感情をお持ちだったようですよ。かつてのライバルだったあなたは数学の世界へ進み、教授にまでなられた。一方、大倉さんはごく普通の会社員になってあなたの活躍を横目で見ながら数学への未練を断ち切れないでいた。そんな彼が、あなたの意見を素直に聞いたりするでしょうかね？」

右京が一気に畳みかけるように訊ねた。

「まあ、よほどの自信があったんでしょう。結果は彼の独り善がりでしたが」

軽くあしらう肥後に、享が異を唱える。

「彼の独り善がりだったかどうかは、彼の原稿が失われた今わかりませんけどね」

それを他所に、肥後は迷惑顔で言った。

「昨日、僕が犯人じゃないという証明は出来たはずなんだけどなあ」

「ええ。しかしですよ、あなたにまた別の動機があれば話は別ですがね」

右京の言葉に苦笑いした肥後は、そこで打ち切るように言った。

「そんなものがあるなら見せてくださいよ。もうよろしいですか？　僕も何かと忙しいもので」

「では、次回は紙と月の問題が解けた時に。カイトくん、行きましょうか」

と部屋を出ようとしたところで、右京はテーブルの上に載っている、例の手紙が入った段ボール箱にぶつかって床に落としてしまった。

「杉下さん、何やってるんですか」享が注意する。

「あっ、これは、僕としたことが……」

右京は慌てて手紙の束を拾って箱に戻す。そこへ西野恭子がやってきた。

「先生。事務局が休職中の予算割について聞きたい事があると」

「あとで行くと伝えておいて」

「はい」

その問答を、右京は聞き逃さなかった。

「教授、休職なさってたんですか？」

「もう、用は済んだのでは？」

肥後が煩《うるさ》そうに言った。

「これは失礼」

右京は最後の手紙の束を段ボールに入れ、礼をして部屋を出た。

先ほどいやにあっさりと引き下がった伊丹と芹沢は、大学の研究棟の前で右京と享を待ち伏せしていた。

「一応聞いておきますが、なぜ肥後教授を疑ってるんです？　何か根拠でも？」

憎々しげに訊ねる伊丹に、享が交渉をもちかけた。

「それについてはギブアンドテイクっていうのはどうですか？　大倉さんが会ってた女性の身元、そろそろわかった頃ですよね？　誰だったんですか？」

「それがさ、俺たちも……」

つい乗せられて答えようとした芹沢を、伊丹は押し止めた。

「おい！　なんでそんな事特命係に教えなきゃいけねえんだ。行くぞ」

立ち去りながら、伊丹は芹沢に小声で言った。

「どう考えても今回はこっちに分がある。特命係の鼻明かしてやるぞ」

ふたりを見送って、享が訊いた。

「いいんですか？」

「あちらはあちらに任せておきましょう」

右京が答えたところに、西野恭子が通りかかった。

四

ふたりは恭子を構内の学食に誘い、お茶を飲みながら話を聞いた。

学生時代から今まで、五年にわたって肥後に師事してきたという恭子に、ふたりは肥後が休職していた間何をしていたのかを訊ねた。大学の事務局に問い合わせたところ、この春に復帰するまで、実に三年間も休職していたというのだ。

「先生は禁断の難問に手を出していたんです」

「禁断の難問って？」

聞き返した享に、恭子は数学書を見せながら答えた。それは〈リーマン予想〉と言われる百五十年以上にもわたって解かれていない難問で、あまりに難解なので取り組んだ数学者の多くが精神を病んでしまうほどなのだという。たとえば未解決の難問を瞬く間に四つも解いてしまった天才ジョン・ナッシュは講演のさなかに精神に異常をきたしたし、解読不可能といわれたドイツ軍の暗号を見事解き明かし、連合国を勝利に導いた英雄アラン・チューリングも、結局リーマン予想が解けずに自殺に追い込まれたという。

そしてまた、肥後もそうだった、と恭子は明かした。二年目からおかしくなって、一時期誰にも会わずに引きこもってしまったのだ。

誰にも会わずに引きこもったのであれば、どうして肥後がおかしくなってしまったとわかったのか……そう右京に指摘されて、恭子は意外なことを言った。

「それは……大倉さんが教えてくれたんです」

あるとき大学にやってきた大倉が、恭子にこう言ったのだった。

――肥後のうちに行ってきた。あのままじゃあいつ、ダメになっちまうから、気にかけてやってくれ。


大学を出たふたりは肥後の先回りをして、彼の自宅の前で帰りを待っていた。

「驚きましたね。何なんですか?」

ふたりの刑事を見て、肥後はあからさまに不機嫌な顔をした。

「どうもすいません。研究室に戻ったらもうお帰りになっていたので」

享が言い訳をする。

「なんでしょう?」

右京が恭子に聞いた話を持ち出した。そして肥後はそんな状況にもかかわらず、大倉とだけは会っていたことを指摘し、どんな話をしていたのかを訊ねた。

「そんな事まで……」

肥後はふたりの情報収集力に啞然としながら答えた。

「話なんかしてませんよ。そんな精神状態じゃなかった」

「しかし、誰とも会おうとなさらなかった教授が、大倉さんにだけはお会いになった。何か話したい事があったのではありませんか?」

しつこく食い下がる右京にとうとう肥後も切れたのか、声を荒らげて言った。

「だから言ったでしょう。話なんかしてません! 話せるわけなんかないんだ。もういいですか？」

　そう言い捨てると、「失礼します」と家の中に入ってしまった。

　その夜、右京と享は行きつけの小料理屋〈花の里〉に寄った。肥後の三年間の休職のこと、その間にリーマン予想に取り憑かれ、精神に異常をきたしていたこと、そしてそんな肥後に大倉が会っていたこと……今までに得た事実を享が独り言のようにおさらいしていると、カウンターの中から女将の月本幸子が口を挟んだ。

「数学の難問って、人を追いつめてしまうものなんですね」

「まあ、俺にはわかんない世界ですけどね」

「あら、カイトさん数学苦手ですか？」

「えっ、好きなんっすか？」

　意外にも幸子は頷いた。

「割と。微分積分とか三角関数とか好きだったかなあ。あっ、ピタゴラスの定理の証明の仕方って知ってます？　直角三角形をこう書くでしょ。で、ここの一辺の……」

　指で空に図形を描いている幸子を見て、享が右京に耳打ちした。

「人は見かけによらないって言いますけど、本当ですね」

　そこに思わぬ客が入ってきた。

「いらっしゃい」

幸子の声に右京と享が振り返ると、そこには伊丹と芹沢が立っていた。

「おや、珍しい」

右京が見上げると、伊丹が無言のまま上着の内ポケットから折り畳んだ紙を一枚出して右京に手渡した。それは事件の前日に大倉がホテルで会っていた東国大使館の趙美麗の資料だった。

「どうしてこれを？」

享が不思議そうに訊ねると、伊丹はしぶしぶその理由を明かした。今日の昼間のことだった。捜査一課の自席に着いていた伊丹と芹沢の背後から、いきなり中園が怒声を浴びせてきた。びっくりしてバネ仕掛けの人形のように立ち上がったふたりに、内村がまるで獲物をいたぶるように言った。

――おまえたちは、外交特権というのを知らないのか？

思い当たった伊丹が言葉を返そうとすると、内村がそれを遮った。

――とにかく、東国に関しては捜査は出来ない。

「しかし、せっかくつかんだネタです。捨てるよりはマシかと思いまして」

伊丹が言うと、芹沢が享の肩を叩いた。

「そういうわけなんで」

「では」

帰ろうとするふたりを幸子が引き止めると、まんざらでもない顔でカウンター席に座ろうとした芹沢を、伊丹が睨んだ。

「暇な部署と違って、忙しいもんで」

伊丹の嫌味たっぷりの言葉を残して、ふたりは立ち去った。

翌朝、早速右京と享が動いた。東国大使館前で待ち伏せしていたふたりは、美麗を捕まえて大倉と何の目的で会っていたのかを訊ねた。美麗は当然、最初は頑なに寄せ付けない素振りを見せたが、

「隠さなければならないような事を話していた……そう解釈してよろしいんですね」

右京に念を押されて不承不承口を開いた。それによると、東国には国の内外を問わず有能な芸術家や科学者を支援する制度があり、数学の分野で特別な才能のある大倉に、その支援を申し出たとのことだった。

「支援ではなく何かを依頼なさったのではありませんかねえ。大倉さんの銀行口座には、支援というにはいささか大きすぎる額のお金が振り込まれていました」

右京に痛いところを突かれたのか、美麗はまた表情を硬くして、

「これ以上の事はお話ししかねます」

と言って去っていってしまった。

「東国は一体何を依頼したんでしょうね？」

美麗の後ろ姿を見ながら享が言った。

「その前に、そもそも東国はなぜ大倉さんに目をつけたのでしょうねえ？　数学者ならば他にいくらでもいたはずです」

「正式な数学者には頼めない内容……」

「そう考えるのが自然でしょうねえ」同意した右京が話題を変えた。「ところで例の証券コードですが、調べてみたところメモに書かれていた企業はすべて、ここ一年の間に不審な株価の動きがあったものばかりでした」

「まさか大倉さんは数学の知識を使って株価を操作していた？」

享の言葉を聞きながら、右京はどこかに携帯で電話をかけていた。

「失礼。あっ、課長ですか？　折り入ってお願いがあるのですが……」

電話の相手は角田だった。

ふたりが特命係の小部屋に戻ると、角田が右京の依頼の結果を持ってやってきた。

「警部殿のにらんだとおりだったよ。サイバー犯罪で御用になった組織をしらみつぶしに調べてったら、東国との関係が噂されるここが浮かび上がった」角田の手元には〈新日本インベストメント株式会社〉という会社の資料があった。「ここの帳簿からハッキングを請け負った奴に支払った報酬が出てきたんだけどな、こいつが大倉浩一の口座に入金されてたのと、日付も額もピタリと一致したのよ。ただ、この最後の六百万ってのは新日本インベストメントじゃなかったみたいだけどな」

それを聞いて右京が即座に答えた。

「おそらく最後の六百万は東国からの手付金でしょうねえ。つまり、東国は大倉さんに何かを依頼していた」

「どういう事っすか？」亨が首を捻る。

「十五年前、大倉さんが発表したのは素数に関する理論です。一方、空白の三年間に肥後教授が研究していたのはリーマン予想。つまるところ、リーマン予想もまた素数の謎に迫るものです」

「リーマン予想？　素数？」

ちんぷんかんぷんな単語ばかりで、角田の頭は混乱していた。右京が解説する。

「ええ。2、3、5、7、11、13、17、19と、一見ランダムに続く素数の並びには、ある一定の法則があるとドイツの数学者リーマンが百五十年前に予想しました。これが正しいかどうかの答えを出すのがリーマン予想の証明です」

「という事は、ふたりには素数という共通点があった」

享の言葉に右京が首肯した。

「ええ。だとするならば、東国からの依頼はおそらく暗号解析でしょうねえ」

「暗号解析?」

「なんでそうなるのよ?」

享が聞き返すと同時に、角田が首を傾げた。右京がさらに講釈する。

「現在、世界中で使われている様々な暗号、すなわち個人の銀行口座から軍事機密に至るまでのすべてのセキュリティー暗号には、巨大な素数が使われているんです。この巨大な素数を掛け合わせるのは簡単ですが、こうして出来た数がどのような素数が掛け合わされて出来たものかを計算するのは、スーパーコンピューターを使っても数百年もかかるほど難しいものだそうです。暗号のほとんどはこのような性質を利用して成り立っているようですよ。ですから、暗号の解析には素数の研究が不可欠です。おそらく東国は大倉さんの素数理論にその鍵があると思ったのでしょうねえ」

ようやく納得のいった角田が相槌を打つ。

「しかし、依頼されたものの一筋縄ではいかなかった。それで肥後のアイデアを盗もうとしたってわけか」

「でも、肥後教授はリーマン予想の証明に行き詰まって引きこもってたんですよ」

享の反論に、右京はひとつの疑義を呈した。

「肥後教授は本当に証明に行き詰まって引きこもっていたのでしょうかねえ」

五

翌日、ふたりは肥後を自宅に訪ねた。

客を書斎に通した肥後は、早速用件を質した。右京が答える。

「ようやく事件の全容がわかりましたので、そのご報告です」

「そうですか。では、聞かせてもらいましょうか」

肥後は机で作業を続けながら、努めてさらりと応じた。

「あなたは一時期、リーマン予想の証明に行き詰まって引きこもっていた。そうおっしゃいました」

「それが何か？」

「しかし、もしそれが本当だとすると、辻褄の合わない事が出てくるんですよ」

「辻褄の合わない事？」

右京の言葉に作業の手を止めた肥後に、今度は享が続ける。

「大倉さんは東亜民主共和国から、大金と引き換えに素数を使った暗号を解析するためのアルゴリズムの制作を依頼されていたんです。そう考えると、その大倉さんがファーガスの定理をきっかけにあなたに接触した理由は、あなたが空白の三年で得たリーマン予想の研究成果を盗むため。そう考えるのが自然なんです」

「僕がリーマン予想を証明出来なかった事は、大倉も知っていた事ですが」

肥後の反応に、右京が答える。

「ええ、大倉さんもその時はあなたがリーマン予想の前に敗れ去ったと思ったでしょうねえ。ところが、そこから見事に復活し、たった一年でファーガスの定理を解き明かそうとしているあなたを知って、大倉さんは自分の解釈が間違っていたと気がついたのではないでしょうかねえ……すなわち、あなたは見事にリーマン予想を証明してしまったのだと」

肥後はそれを一笑に付した。

「訳がわからない。リーマン予想を証明した人間がなぜ廃人同然になるんでしょうか？」

右京が続ける。

「大倉さんがあなたを訪ねてきた時、あなたは話をする事が出来なかったとおっしゃいました。いや、話せるわけがないともおっしゃった。話せるわけがないというのはどういう意味なのか、考えました。教授、あなたはリーマン予想をはるかに超えて、決して人に話す事の出来ない事を成し遂げたのではありませんか？」

「人に話す事が出来ない事？」

肥後が真顔で聞き返すと、右京は一気にまくしたてた。

「素数の研究をする者にとって、リーマン予想の先には最大の謎があるそうですねえ。あなたは究極の真実を解き明かしてしまったのではありませんか？　素数の謎そのものを。素数の謎を解き明かす事は数学者にとっては夢のような事だそうですねえ。しかし、あなたはその夢を現実のものとした時、それは決して世間に発表する事が出来ないものだと気づき愕然とした。その事に気づいた大倉さんは、この家のどこかに隠されている禁断のファイルを盗み出した。それを知ったあなたは大倉さんの家を訪ねファイルを取り返そうと……そう、殺害してしまった。いかがでしょう？　これならばいかに背理法をもってしても、矛盾は見つからないのではありませんか？」

興奮して自説を展開する右京に、肥後は笑って開き直った。

「背理法は仮定が間違っている事を証明するものであって、仮定があってる事を証明するものではありません。いいでしょう。そこまで言うのであれば、僕が大倉を殺したという証拠があるんでしょうね」

右京が答える。

「大倉さんは現場にダイイングメッセージを残していました」

「ダイイングメッセージ？」

聞き返す肥後に、享は血文字の写真を示した。

「これです」

右京が続ける。

「まるでこれ、暗号のような一筋縄ではいかない謎でした」

「それをあなたが解いたと？」

右京は首を振った。

「残念ながらわれわれにこの謎は解けませんでした。そこで、ある人にお願いして解いてもらったんです」

「ある人？」

「これ、覚えてます？」

享がポケットから一通の封書を取り出した。宛名は〈月本幸子様〉となっていた。享が説明する。

「ある数学ファンがあなたに問題を送り、あなたが解き、それを送り返してくれたものです」

その〝数学ファン〟、幸子の肥後宛ての質問状は、実は研究室で段ボール箱を引っくり返した際に、右京がこっそり紛れ込ませたものだった。

そこには〈(adrink)〉という表記から導かれるものは何か、という幸子の問いに対して、完璧な答えが記されていた。その答えを黒板を使って右京が代わりに解説する。

「マルは円。円といえば円周率。すなわちπ。3.1415926……この円周率の覚え方は英語にもあるそうですねえ。

“How I want a drink alcoholic of course…”

このように、英語の単語の文字数で覚えるそうです。How は3、I は1というふうにすると……ここにありましたねえ。〈adrink〉。これは〝1〟と〝5〟に当てはまります。つまり教授、あなたの答えは〝15〟でした」

肥後は自分の回答を聞かされ、苦笑いをした。しかしその後に続く右京独自の論理展開は、肥後の予想を超えていた。

「そこで僕は、これを日本語の円周率の覚え方に当てはめてみました。日本語の円周率の覚え方も色々あるのですが、その中に〈妻子肥後の国〉というのがあります。〈さ・い・し・ひ・ご・の・く・に〉。これを英語の〈adrink〉に当て嵌めてみると、〝15〟そう、〝ひ・ご〟になるんですねえ。教授、大倉さんが亡くなる前に伝えたかったのは、肥後、つまりあなたの名前なんですよ」

肥後の笑いは途中から自嘲的なものに変わっていた。

「笑えますね。自分で犯人が自分だという事を解いていたとは」

「認めて頂けますね」

享が迫った。頷いた肥後は黒板の前に行き、右京の残した文字を指して言った。

「素晴らしいです。えーっと、警部、お名前は……」

「杉下です」

「杉下警部。あなたは刑事にしておくには惜しい方です」

「恐縮です」

そこで初めて肥後は、素直に告白した。

「あるしかなかったんです。そうでしょう？　あんなもの発表できるわけがない。そんな事をしてしまえば、この世界はたちまち危機に瀕してしまう。この野蛮で複雑な現代社会をかろうじて守っているものは、巨大な素数なんです。銀行の口座も企業のデータも国家機密も軍事機密でさえも、巨大な素数の暗号で守られている。素数の謎が誰かに知られ悪用でもされれば、この世界はひとたまりもない。使い方によっては素数の謎は核兵器よりも巨大な武器になってしまうのです」

右京が頷いた。

「だからこそ、東国は素数の謎を解く事に躍起になっていた。そこで選ばれたのが大倉さんだった」

肥後が続ける。

「東国だけじゃありません。アメリカ政府も素数の謎を解明するために著名な数学者を数百人単位で高額で雇っていると聞きます。それほど危険なものと知りながら大倉は……」

肥後の家からファイルを持ち出した大倉は、自宅に戻ってそれが信じがたいほどの発見だということに打ち震えていた。そこに肥後がやってきた。

――おまえ、それどうするつもりだ?

肥後に問い質された大倉は、熱に浮かされたように言った。

――東国に暗号解読のアルゴリズムの制作の依頼をされている。安心しろ。もうその気はない。この美しい式を見てるうち、そんな気はなくなっちまった。肥後、数学は本当に素晴らしいよな。

――返せ。それを返すんだ。

大倉の手にあるファイルを奪おうとした肥後をかわし、大倉が続けた。

――わからないのか? これは人類がようやくたどり着いた英知の結晶そのものだ。ニュートンもガウスもリーマンもオイラーも、どんな天才も解き明かす事が出来なかった究極の謎が解き明かされたんだぞ。なぜこれを眠らせせようとする? そんな事が許されるのか? 数学に対する裏切りじゃないのか?

肥後は激して言った。

――じゃあ、それを発表するというのか?

――当たり前だ。これは数学者全員の夢だ。肥後、俺がどんな気持ちかわかるか?

俺はおまえがいたから数学の世界から身を引いたんだ。俺はおまえに嫉妬し、憎み、そして憧れ続けた。そんなおまえがすごい事をやり遂げた。俺は心から喜んでるんだ。なのにおまえはこれを机の引き出しに眠らせようとしている。

積年の思いを吐露した大倉に、肥後は諭すように言った。

――それを発表したら、世界は危機に瀕する事になる。

――だからなんだ？　それで壊れる世界なら壊れればいい。この美しい式の前にすべてが崩壊するなんて想像するだけで痛快じゃないか。俺はこれを発表するぞ。もちろんおまえの名前でな。この美しい式を、この数学の力を、全世界に知らしめてやる！　おまえがなんと言おうとな！

熱に浮かされた大倉は、もう尋常ではなかった。机の上のファイルの中身を集めている肥後に駆け寄ってそれを奪おうとした大倉は、渡すまいとする肥後と激しい揉み合いになった。そしてとうとう肥後は、ふと手に触れた大倉のトロフィーを手に……。

「燃やしておくべきだったんです」

肥後は茫然として庭に目を遣った。その視線の先では、ブリキ缶のなかで書類が煙をあげていた。

「燃やしたんですね？」

驚いた右京が身を乗り出した。享が慌てて庭に下りて駆け寄ると、書類はもう灰になっていた。

「これでいい。これでよかったんです」

玄関で迎えのパトカーを待っている間、肥後は懐かしむような口調で言った。

「大倉って奴は面白い奴でね、僕に数学の本当の楽しさを教えてくれたんです」

「おふたりは数学クイズを出し合っていたそうですね」

右京の言葉に、肥後は遠い目をして微笑んだ。

「ええ。楽しかったなあ」

覆面パトカーが到着し、中から伊丹と芹沢が出てきた。

「えっと……カイトさん、でいいんだっけ？」

「はい」

「例の問題、紙を四十二回折るんです。そうすると月に行けるんですよ」

「え？」

亨は煙に巻かれたような顔をした。右京が言葉を継ぐ。

「薄さ〇・一ミリの紙も四十二回折る事が出来れば、月に届くほどの厚さになる……数学というのは本当に豊かな学問ですねえ」

「ありがとうございます」

まるで数学そのものに成り代わって礼をするように、右京に向かって深々と頭を下げた肥後は、伊丹と芹沢に導かれて車に乗った。

「しかし、数字がそんなに恐ろしいものだなんて……なんか人生観変わっちゃいました」

特命係の小部屋に戻った享は、紙を折りながら言った。

「そうですねえ」右京もまた紙を折りながら頷く。

「あれ? これ以上折れないですよ。まだ六回しか折ってないのに。四十二回なんて無理っすね」

首を捻る享を見て右京は笑った。

「ですから、理論上の話ですよ」

「ふーん」半信半疑な声で応じた享は、一転、感慨深げに言った。「しかし、大倉さんにとって肥後さんは特別な存在だったんでしょうね。嫉妬し、憎しみ、そして憧れていた」

右京がそれに応ずる。

「だとすれば、例のダイイングメッセージですがね、大倉さんは最後に肥後さんに挑戦したかったんじゃありませんかねえ」

「だからこそ、数字に関係したメッセージを残した」

「ええ。かつてふたりで数学クイズを出し合っていたように……」

右京の頭には、虫の息になった大倉がそれでも全力を振り絞って血文字を記す姿が浮かんだが、それを振り払うように、手元に折り上がった紙飛行機を宙に放って呟いた。

「考えすぎでしょうかねえ」

第三話「原因菌」

一

　それは朝、警視庁特命係の巡査部長の甲斐享が登庁の途次、新宿西口の歩道橋を歩いているときのことだった。四辺に架かっている橋のちょうど対面で、ある女性が手すりにすがりながら苦しそうに蹲《うずくま》るのが見えた。享はミュージックプレイヤーのイヤフォンを外し、人混みのなかを全速力で駆け寄った。

「どうしました？　大丈夫っすか？」

　女性は四十代後半というところか。路上に転がり、うめき声を上げて胃のあたりを押さえている。その苦しみ方が尋常ではないと判断した享はスマートフォンをとり出し、救急車を呼んだ。

　その朝は都内の各所で似たような症状を訴え、救急車で病院にかつぎこまれた人が相次いだ。享は助けた女性、会田《あいだ》清美《きよみ》に付き添って新宿の救急病院に行ったのだが、そこでもすでに数多くの患者が痛みにうめき声をあげ、救急処置室はさながら戦場のような状態になっていた。

　その有り様を茫然とした面持ちで見回していた享だったが、清美が何か言いたげに体を捩《よじ》ったのに気づき、口元に耳を近づけた。

「なんですか？」

「離れてください！」

　伝染病の可能性もあるので、看護師は享を清美から極力離そうとしたが、享はかろうじて清美の言葉を聞き取った。

「遥香《はるか》……」

清美は確かにそう呼んだのだった。

当然ながらこのことはニュース速報として全国に伝えられた。

警視庁組織犯罪対策五課でも、課員のほかに隣の特命係の警部である杉下右京もテレビの前に集まっていた。そこに組対五課の課長、角田六郎が飛び込んできた。

「おい、一体何があった⁉ テロか⁉ なんかの病気か⁉」

「いや、まだわかりません」

角田の部下の大木長十郎が首を振ると、右京が続けた。

「テロであるならば、刑事部や公安部が動き出してるはずですね」

「ああ」

角田は右京のしごく真っ当な意見に頷きながら、テレビ画面に見入った。

病院を出た享は、そのまま会田清美の家に向かった。玄関のチャイムを押すと、二十代と思われる女性が出てきた。

「警察です。遥香さんですか？」

享が警察手帳を示して言った。清美が苦しみながら口にしたのは、ひとり娘である彼女の名前だったのだ。

「お母さんがあなたを呼んでいます」

享から事情を聞いた遥香は、顔色を変えた。


捜査一課でもすでにこの事件についての捜査が始まっていた。付箋の貼られた東京都の地図を前に、捜査一課の刑事、伊丹憲一が事件のあらましを報告した。それによると、病院に運ばれた患者は現在までで二百二十一名。腹痛、嘔吐、下痢、発熱を訴えている。会話の出来る患者に聴取した結果、全員が前の夜に〈アプリティーボ〉というイタリアンの外食チェーン店で飲食していたということだった。

「つまり、テロではない。食中毒の可能性が高いという事になりますねえ」

入口の方から聞き覚えのある声が流れた。杉下右京だった。

「勝手に入るな！」

それを見た参事官の中園照生が怒声をあげた。

「生活安全部と保健所の共同捜査になりますね」

「出て行け！」

蛙の面にしょんべん、とばかりの右京に中園は威圧的に出た。

そのとき、デスクの電話をとっていた芹沢慶二が報告した。

「三鷹林道で女性の変死体です。丸徳フーズという食品卸売商社の社員……」

メモを読み上げる芹沢の言葉を、右京が確認するように繰り返した。

「食品卸売商社……」

「……って、話に入ってくるな！」

「その変死体は食中毒の被害者でしょうか？」

「杉下!!」

中園の叱責を気にも留めない右京に、とうとう中園の堪忍袋の緒も切れたようだった。

女性の変死体が見つかった三鷹林道の現場に、捜査員を始め鑑識課のメンバーらが赴き、初動捜査が始まっていた。鑑識課の米沢守が捜査一課の伊丹憲一、芹沢慶二に報告をあげる。それによると、被害者の名前は岡谷望《おかやのぞみ》。鞄に入っていた社員証から、丸徳フーズという会社に勤めていることがわかった。死亡推定時刻は昨夜の八時から十時。明らかに殺人であるが、周囲の血痕から見て殺害現場は別の場所で、被害者には暴行された痕跡はなく、金も盗られていないことから、性犯罪でもなければ窃盗でもない、とのことだった。


集中治療室のベッドに横たわった母親の姿を見て、遥香は声を震わせた。

「一体なんなんですか？　母の他にもたくさんの人が運ばれたみたいですけど……」

「ええ。でも、まだ原因はわかりません」

遥香を新宿中央病院に連れてきた享が答えた。

「母にもしもの事があったら、私、独りになっちゃう」

「はい？」

涙声で言う遥香にその意味を聞くと、父親を早くに亡くし、清美は女手ひとつで娘を大学にまで通わせたとのことだった。

「就職が決まってようやく楽させてあげられるって……」

遥香は声を詰まらせた。

そこに、ひとりの男がやってきた。

「失礼します。警視庁生活環境課の水倉《みずくら》です。会田清美さんですね？」頷く遥香の肩越しに、酸素マスクをつけて昏睡状態にある清美の姿を垣間見て、「聴取は不可能だな」と呟き、その刑事、水倉和弘《かずひろ》は「また来ます」と踵《きびす》を返そうとした。

「あの、生活環境課って、どういうことですか？」

享が水倉を呼び止めた。

「あなたは？」

享は水倉に警察手帳を示した。

集中治療室を出て廊下を歩きながら、享は水倉から、一連の原因はどうやら食中毒にあるらしいと聞いた。

「アプリティーボってどんな店なんすか？」

享がさらに訊ねた。

「都内で十店舗展開している、イタリア料理のチェーン店です」

水倉によると、すでに保健所が各店舗で原因菌の採取をしているはず、とのことだった。原因菌とは食中毒の原因となった菌を指す。一方、水倉たちは患者から飲食したメニューの聴取を進めているが、まだ共通した食材は浮かんでこない……そう説明して水倉はため息を吐《つ》いた。

「米沢さん」

「はっ、どうも」

警視庁の鑑識課の部屋で、パソコンの画面に気を取られていた米沢は、突然耳元で声をかけられ、ビクッと振り向いた。右京だった。

「三鷹林道の殺人事件についてお聞きしたいのですが」

「さすがにお耳が早い」いつもながら情報収集の素早さに舌を巻いた米沢は、「こちらです。とはいえ、まだ殺害現場もわからない事件ですが……」とパソコンの画面を指した。

「おや、これは変わった傷跡ですねえ」

右京が早速注目したのは、被害者の首筋についている奇妙な形の傷跡だった。幅五センチほどの、まるで縄文のような、螺旋状に縒《よ》り合わさった文様の傷が、白い肌に痛々しく残っているのだ。ただし米沢によるとこれは致命傷ではないらしいが、殺害現場にはこの傷をつけた何物かがある、ということだ。

「この傷痕、凶器のデータベースで調べられますか？」

そのわずか後、右京に依頼された調査の結果をもって、米沢は特命係の小部屋を訪れた。例の変わった文様の傷跡と合致する凶器はデータベースにはなかった。

「それからこちらは、ご遺体の付着物と司法解剖の鑑定書です」

資料を残して去ろうとした米沢を、右京が呼び止めた。被害者の靴底から食用油と何らかの樹脂が検出されているのを見て、不審に思ったからだった。

「ああ、そちらは引き続き科捜研で調べています」

米沢が答えた。

二

アプリティーボの各店には保健所から大勢の職員が調査に入っていた。白衣に身を包み、ビニールの手袋をはめてマスクを装着した職員が、店の食材をサンプルケースに入れて採取し、食器からソースの容器に至るまで検査した。そのなかの一店、東品川店に享は来ていた。

「杉下さん、なんで電話出ないんですか」

享が独りごちた。先ほどからスマートフォンで右京の携帯に何度も電話をかけているのだが、一向に出ない。仕方なく享はお台場店へ回ることにした。

警察手帳を出して奥のキッチンに入った享は、意外な人物に会った。右京だった。

「あっ！　杉下さん」

享の顔を見るなり、右京は面白くなさそうな顔で言った。

「君、何をしてるんですか？」

「いや、それはこっちのせりふですよ。杉下さんも食中毒が気になって調べてるんですか？」

享が訊ねると、思いもよらない答えが返ってきた。

「僕は殺人です」

一方そのころ、捜査一課の伊丹と芹沢は被害者、岡谷望の勤務先である丸徳フーズを訪れていた。

「岡谷さん、何か問題を抱えていたというような事はありませんか?」

伊丹が上司である営業部長の小林功《こばやしいさお》に訊ねた。

「いや、岡谷はとても真面目な社員でした」

小林は伊丹から渡された望の写真を見て、しみじみと言った。それからふたりを彼女のデスクに案内した。机の上には食品成分表や栄養学に関する本が積まれていた。小林によると、栄養士の資格を活かして取引先にメニューの提案もしていたとのことだった。

芹沢が死亡推定時刻である昨夜の八時から十時までの彼女の所在を質した。家に帰った様子はなかった。小林によると、夜七時過ぎには退社しているという。

「その後どこかに立ち寄ったなんて事はないですかね?」

芹沢が訊ねたが、小林は首を傾げるのみだった。

アプリティーボお台場店で右京と遭遇した享は、この店もここ二年間、保健所の定期検査を受けていないことに気付いた。実は東品川店もそうだったのだ。

「食中毒と関係あるんじゃないっすかね？」

そのことを右京に報告すると、

「しかし、このお台場や品川以外のお店で飲食した人も、食中毒を起こしていますよ」

と切り返され、返答に窮してしまった。そこに白衣を着た保健所の職員の女性が血相を変えてやってきた。

「ちょっと、どなたですか！」

ふたりが警察手帳を出すと、納得した様子で頷いた。女性は港南保健所の増井由美《ますいゆみ》という食品衛生監視員だった。

享は早速、このお台場店と東品川店、それに西品川店などが、ここ二年ほど定期検査を受けていないのは何故かを訊ねた。

「それが何か？」

由美のそっけない答えに、享は面食らった。

「それが何かって……普通気になりますよね？」

それに右京が付け加えた。

「それからもうひとつ気になる事が。アプリティーボはどの店舗も客席の多さに比べて調理器具が少ないような気がするんですがねえ」

その質問には由美は明確に答えた。すなわちアプリティーボではどの店舗でも調理済みの食品を使っており、店ではそれらを切ったり混ぜたり温めたりして盛りつけるだけだというのだ。

「その調理済みの食品の仕入れ先はどちらでしょう？」

右京が訊ねると、この近くにあるミヤ食品加工という会社だとのことだった。

そのときすでに、ミヤ食品加工には伊丹と芹沢が訪れており、社長の円浩次《まどかこうじ》に話を聞いていた。

「ええ。アプリティーボの料理に使う食材は、丸徳フーズさんから仕入れてますよ。アプリティーボから指定されてるんで」

円は着慣れない白衣をまとったふたりの刑事を工場の内部に案内しながら答えた。

「営業の担当者は岡谷望さんですよね？」

芹沢が訊ねると、円は首肯した。

「昨日の夜、ここに来ませんでした？」

伊丹の質問には円は首を振った。

そこで立ち去ろうとした伊丹と芹沢の視界に、特命係のふたりが飛び込んできた。ふたりともやはり白衣をまとっており、白濁したスープでなみなみと満たされた大きな缶を覗いていた。

「ちょっと！　もう、何してるんですか⁉」

伊丹が顔を思い切り歪めて指弾する。不審顔で寄ってくる円に、右京と享は自己紹介した。

「美味しそうなスープですねえ」

右京が顔をほころばせて訊ねると、円が応えた。

「ああ、それはソースなんです」

「おや。ここに〝SOUP TOP〟とあったので、てっきりスープを作る機械かと」

右京はその機械の胴の部分についているプレートを見て言った。

「スープも作れますけどソースも作れるんです」と円。

「それは素晴らしい機械ですね。ちなみにどのようなソースが？」

留まることなく自分の興味に従って枝葉の質問に流れていく右京を煙たそうに見た伊丹が、痺れを切らしたように言った。

「警部殿。そのソース話、長引きます？」

「これは失礼」

今度は享が訊ねた。

「ここで調理してるという事は、保健所の定期検査とかちゃんと受けてますか？」

円は心外そうに答えた。

「受けてます。港南保健所の増井さんに聞いてみてください」

「えっ？　その増井って人が検査担当なんすか？」

亨は驚きの声を上げた。円が答える。

「はい。彼女は港区と品川区の担当ですから」

「じゃあ、お台場と品川のアプリティーボの定期検査も彼女がしている？」

「でしょうね、きっと」

円から答えを得た亨は、右京に耳打ちした。

「なんでさっき言わなかったんですかね？」

その遣り取りを聞いていた芹沢が、聞き耳を立てた。

「何、何、何、何？　お台場と品川のアプリティーボがどうかしたの？」

亨が答えた。

「その地区の三店舗だけ二年も定期検査受けてなかったんですよ」

特命係から新たな情報を仕入れた伊丹と芹沢は、次はアプリティーボの経営者、阿部《あべ》勇司《ゆうじ》に面会した。伊丹が岡谷望の写真を出すと、阿部は食材の仕入れ先、丸徳フーズの営業担当だと即答した。

「面識があるんですか？」

伊丹が訊ねると、阿部は頷いた。

「もちろん食材は私が選びますから」

そして、味が一番のこの商売にもっとも大切なのは食材だから、よい食材であれば原価が多少高くても妥協はしない、と胸を張り、続けて聞き返してきた。

「そんな店が食中毒を出すと思います？」

芹沢が別の角度から質問を繰り出した。

「ちょっと調べたんですけどね、岡谷望さんが担当になってから丸徳フーズの取扱高、増えてますよね？」

「ええ。彼女熱心なんで。新メニューを提案してくれて、いくつか採用しました」答えながら阿部は怪訝な顔をした。「あのう、なんで彼女の事聞くんです？　これ、食中毒の捜査ですよね？」

「ああ……実は今日……」

伊丹が望が殺害されたことを伝えようとしたちょうどその時、生活環境課の刑事、水倉が大きな声を上げながら、大勢の捜査員を引き連れて入ってきた。

「警察です！　書類から手を離して！　電話やパソコンにも触れないでください」

「ちょっと、な、なんですか？」

阿部が慌てて立ち上がった。水倉が警察手帳を出して身分を明かすと、阿部は狼狽した。

「うちの店が食中毒の原因だって特定されたんですか？」

「原因菌はまだ見つかってません」

「だったらなんでそんな……」

不満顔の阿部に、水倉はピシャリと言った。

「原因がわかったあと押収に入っても手遅れだからです。関係書類を任意提出してください」

　そこに芹沢が割り込んだ。

「その間に隠蔽《いんぺい》作業とかされちゃうと困っちゃいますもんねえ」

「隠蔽って……保健所の指示どおりアプリティーボは全店休業にしてるんですよ⁉　うちはいつも保健所に協力的じゃないですか！」

　憤慨する阿部を、水倉はいなした。

「その抗議は保健所にお願いします」そして芹沢と伊丹を胡散臭そうに見た。「あなた方は？」

　芹沢が警察手帳を出して言った。

「捜査一課です。実は今、彼女が殺された事件を調べてまして……」

　芹沢が望の写真を示すと、阿部が驚きの声を上げた。

「こ、殺された!」

その時まで椅子に座って傍観していた伊丹が立ち上がった。

「社長、〝いつも保健所に協力的〟って言いましたね。にもかかわらず、お台場と品川の三店舗が二年も保健所の定期検査を受けていなかった。それはどういう事でしょう?」

阿部は返答に詰まった。

「あの、それはですね……現場の細かい事まではわかりません」

「ちょっとすいません」

そのとき、水倉が憤りも露わに伊丹の袖を摑んでグイグイと廊下に連れ出した。

「な、なんだよ! 離せよ、この野郎!」

廊下で水倉の手を振りきった伊丹が怒鳴る。芹沢もその後についてきた。

「あんな事聞かれては困ります!」

水倉が怒った。

「あんな事?」

伊丹が聞き返す。

「アプリティーボの三店舗が定期検査を受けていなかった事は、食中毒の捜査本部でも問題になっています!」

芹沢が横から口を挟む。

「でも、その三店舗以外からも、患者出てますよね？」

「ええ。だからそれについての聴取は、食中毒の原因菌が出てからって事になってるんです」

水倉の言葉を、伊丹は煩《うるさ》そうにはねのけた。

「だからなんだよ？　俺たちには関係ねえ」

水倉が呆れ顔で続ける。

「裏を固めないうちに聴取すると、それこそ隠蔽される可能性があるでしょう！　なんでそんな事もわかんないんだ」

伊丹が開き直ったように怒鳴り返した。

「俺たちは食中毒じゃなくて殺しの捜査をしてるんだ」

「殺しの刑事がなんで保健所の検査なんて気にするんだ！」

お互い主張を曲げずにエスカレートするふたりの間に、芹沢が割って入った。

「まあま……」

伊丹が啖呵を切る。

「怨恨に繋がりそうなネタならなんでも気にするのが俺たちの仕事だ。こっちは人ひとり死んでるんだ！」

水倉も負けてはいなかった。

「それならこっちは二百人以上の人が今も苦しんでる！」

「ちょっと、ちょっと、ちょっと……もう！」

お互い譲らないふたりに、芹沢がとうとう悲鳴を上げた。


警視庁に戻った右京と享は鑑識課を訪れた。パソコンの画面に下足痕《ゲソこん》を映し出して見ている米沢の背後から、享が声をかけた。

「死体発見現場から採取したものっすか？」

米沢が振り返る。

「ええ。でも量産品ばかりです。被疑者さえ浮かべば照合出来るんですけどもねえ」

右京が被害者の望の首筋にあった例の変わった傷跡の写真を取り出して言った。

「これと照合出来そうなものも見つかりませんでした」

「今までそれを探してらしたんですか」

「ええ。ところで被害者の靴底に付着していた食用油と樹脂の分析は？」

右京が訊ねた。米沢によると樹脂の方はポリプロピレンだったが、用途が広すぎて何に使われていたかは特定が難しいとのことだった。一方の食用油の方は成分と不純物の割合から、商品が特定できた。そう説明して米沢は食用油の缶の写真を見せた。

三

鑑識課からの報告を受けて、伊丹と芹沢は再び阿部に会いに行った。右京と享も同行した。

「このサラダオイル、アプリティーボで使ってますよね？」

缶の写真を見せて芹沢が訊いた。

「あのう、これは食中毒の捜査ですか？　それとも……」

不審顔で訊ねる阿部に、伊丹がドスの利いた声で言った。

「殺された被害者の靴に付着していたんですよ、この油が」

阿部は言い逃れをするように言った。

「市販されてるものです。使ってるのはうちだけじゃない」

そこへ港南保健所の増井由美がアプリティーボ十店舗すべての検査結果をもって現れた。食中毒の原因菌は出なかったとのことだった。

「はあ、よかった。うちから食中毒が出たわけじゃなかったんですね」

阿部は心から安堵したようだった。その安堵をぶち壊すように、右京が前に出た。

「ちょっとよろしいですか？　その検査結果ですがね、いかがなものでしょうねえ」

「何か？」

由美が聞き返した。

「保健所が原因菌の採取を始めたのは、患者が出てからですねえ」

「当たり前じゃないですか」

由美が心外そうに答える。

「しかも、今回の場合は患者が飲食をしてからひと晩経ったあとです」

右京の言葉に、享が付け加える。

「当然掃除とかしちゃったあとですよね」

「それで原因菌が出なかったからといって、本当に菌がなかったと言えるものでしょうかねえ」

阿部が不服そうに声を上げた。

「ちょっと！　変な言いがかりはよしてくださいよ」

「保健所としてやるべき検査はしたつもりです」

プライドを傷つけられた由美も抗議した。

「本当にしたんですか？」

享がそのプライドをくじいた。

「は？」

「お台場と品川の三店舗、二年間定期検査してませんよね。担当はあなたですよね？」

痛いところを突かれたらしく、由美は弁解がましいことを口にした。

「その三店舗は何度行っても責任者が不在だったり忙しいからと検査を断られたりして……」

その言葉を聞いて、阿部が血相を変えた。

「待ってください。夜営業の店に昼間検査に来る方がどうかしてるんですよ。抜き打ちでもいいから営業後に来てほしいって何度も言ったはずですよ」

由美が反論する。

「衛生監視員は一日に何店舗も回るんです。店の都合では動けません。それに夕方の営業前にも行ってます。最近では二十五日の営業前に行ったのに検査出来なかった」

今度は阿部が弁解に回ることになった。

「営業前は仕込みで忙しいんです」

「他のお店はちゃんと検査出来てます。出来てないのはお台場と品川の三店だけで……」

「お台場や品川は売り上げ上位だから、準備する料理の量も半端じゃない。だから、営業後に来てくれって何度も言ってるでしょう！」

「営業後って、社長の店が終わるのは深夜一時過ぎでしょう！　そんな時間に保健所が検査に……」

声を荒らげて泥をなすり合う阿部と由美を、享がたしなめた。

「いい加減にしてください！　今も生死の境をさまよってる人がたくさんいるんですよ」

阿部が聞き捨てならないというように言い返した。

「ちょっと！　うちが食中毒の原因みたいな言い方やめてくださいよ。原因菌は出なかったんですから！」

「保健所にも責任はありません。失礼します」

そう捨てぜりふを吐いて立ち去った由美と入れ替わりに、水倉がやってきた。

「あっ！」

「またあんたか」

声を上げる水倉を見て、伊丹が立ち上がってファイティングポーズをとった。

「生活環境課の、食中毒の捜査本部の人です」

享が右京に耳打ちする。

伊丹を無視した水倉が、阿部の前に進み出る。

「あの、アプリティーボに加工食品を卸している会社なんですが、芝浦にある……」

そこに右京が割って入った。

「ミヤ食品加工、でしょうか？」

「なぜ知ってるんですか?」

「昨日彼らと一緒に行きましたから」

右京に指されて芹沢は不本意そうな声を出した。

「一緒に行ったつもりはないんですけどね」

右京が水倉に提案する。

「ミヤ食品加工へ行くのならばご一緒しませんか? 食中毒の捜査員の情報があれば我々も助かります」

「ああ、なるほど。まともな刑事もいるようだ」

水倉は伊丹に当てつけるように言った。

「文句があるなら聞こうか」

またもや喧嘩を売ろうとしている伊丹を、芹沢が押しとどめた。

「さ、行きましょうか。場所はご存じですよね」

「もちろん」

そんな伊丹にかまわず、水倉は出ていった。

「行きますか?」

去り際に右京が伊丹に声をかけたが、伊丹は拒否した。

「先輩、ああいう捜査協力の仕方もあるんじゃないっすか?」

見送った芹沢が進言したが、伊丹は煩そうに睨みつけるだけだった。

ミヤ食品加工についた一行は、円からアプリティーボに卸している食品一覧のファイルを見せてもらった。そこにはレストランのメニューのようなものが十数ページにわたって載っていて、これらすべてがここで作られていると思うと驚くばかりだった。そのことを享が口にすると、

「特にアプリティーボは要求が高くて大変なんです。使う食材は全部阿部社長が指定するし。本当はもっと安い食材を使いたいのに」

と円は嘆いた。

「ちなみにその食材はどこから仕入れてるんですか？」

水倉が訊いた。

「丸徳フーズを指定されてます」

円が答えた。

「ところで円社長。スープトップがなくなってますが」

右京が工場を見渡しながら訊ねた。

「あっ、ああ。なんか調子が悪くてメンテナンスに出してます」

「ああ、メンテナンス。どちらに？」

重ねて右京が訊いた。

「製造販売元のウラカワ機械っていう会社ですけど」

「そのメンテナンスの記録ですが、拝見する事は出来ますか？」

右京はスープトップにこだわっているようだった。

そのとき水倉の携帯が鳴り、彼は席を外した。

「お待たせしました。これがスープトップの記録ですけど」

円がメンテナンス記録を持ってきた。それを見るとスープトップはメンテナンスから戻ってきたばかりだった。そのことを訊ねると、それは年一回の定期点検で、戻ってくるなり調子が悪くなって今朝メンテナンスに出したとのことだった。

「ちなみにその年一回の定期点検ですが、やはりこのウラカワ機械という製造元がなさってる？」

右京が訊ねると、円は、もちろん、と首肯した。

捜査本部から呼び出しを受けたとのことで、ひと足先に出ていこうとした水倉と、享は携帯番号を交換した。

右京と享はその足でウラカワ機械に赴いた。

「ミヤ食品加工さんからメンテナンスに出されたスープトップならこれですけど」

社長の浦川正一郎《うらかわしょういちろう》がふたりを案内した。

「先日、これでとても美味しそうなソースが作られていました」

右京がこの機械を讃《ほ》めると、浦川は自慢気に機能を説明した。何でもこの機械は様々な食材を刻みながら加熱して混ぜる事ができ、しかも食材によって切る大きさが変えられるのに加熱ムラが起きることがない。ウラカワ機械の目玉商品で上海の企業からも引きがあり、現在上海工場を建設中だという。

「ちなみにこれってどんな不具合があったんですか？」

亨が訊ねると、浦川は意外そうな顔で、どこも不具合がなかったと答えた。そこへ件《くだん》の上海の企業から電話が入り、浦川が外した。その間に機械を子細に見ていた右京が声を上げた。

「カイトくん！」

右京は機械のドラム状の胴を貫いている芯棒を引き抜いた。するとその表面には望の首筋についていた縄文状の模様の傷跡とぴったり合致する突起がついていたのだった。

「これって……被害者はこれで……」

亨が遺体を撮影した写真をポケットから出して照合した。

「そう。つまり彼女が殺された現場にスープトップがあったという事です。それもこの部品が露出した状態で」

亨はすかさずスマートフォンでその芯棒を撮影した。

「とにかくそれじゃダメだ！　ちゃんと約束したとおりの設備を入れてくれ！　いいな！」何かトラブルがあったようで、浦川は声を荒らげて指示を出し、電話の子機を片手にやってきた。そしてふたりを見て、「あっ、あの、上海の工場のことで少し問題が。もういいですか？」と狼狽も露わに言った。ふたりは礼をして工場を辞した。

そこへ、亨のスマートフォンが着信音を鳴らした。水倉からだった。原因菌が見つかったとのことだった。

四

「腸炎ビブリオ？」

特命係の小部屋を訪れた水倉の言葉を、亨が聞き返した。

「ええ、食中毒の患者全員から検出されました。しかも皆同じ遺伝子形状を持つ細菌です」

つまり感染源を同じくする集団食中毒だったのだ。腸炎ビブリオの潜伏時間は八時間から二十四時間で、飲食してから発症した時間とも合致するが、原因となった料理や食材はいまだ不明だということだった。水倉によると腸炎ビブリオというのは主に魚介類につく菌だが、患者の中には魚介類を使った料理を食べていない者もいる。原因菌は分かったものの、捜査は再び迷路に入った。

翌日、特命係の小部屋でテレビのニュースを見ていた享は、血相を変えた。その日の未明に患者の中から死亡者が出たというのだ。しかもそれは新宿中央病院に入院している四十代の女性とのことで、咄嗟《とっさ》に享の頭に清美のことがよぎった。すぐさま病院に駆けつけた享は、集中治療室で医師に治療を施されている清美を見て、ひとまず安堵した。

「亡くなったのは隣の病室の人です」

暗い面持ちで言った遥香は、廊下の長椅子にぺたりと座り込み、自らを責めた。

「私のせいなんです。私が美味しいって薦めたんです、あの店。それで母も行くようになって……アプリティーボなんですよね？　食中毒出したの。保健所の人が話してるの聞きました」

「その店が食中毒を出したという証拠は、まだありません」

享は遥香を慰めた。

一方の右京は、丸徳フーズを訪れていた。

「食中毒の原因菌がわかりました」

「腸炎ビブリオだったそうですね」

すでに情報が行っていたようで、営業部長の小林が答えた。

「ちなみに、こちらではアプリティーボに魚介類を卸していますよね？　そして、その担当者が亡くなった岡谷望さんでした」

右京が望の写真を内ポケットから出して見せると、小林は顔色を変えた。

「まさか、うちで扱っている魚介類が食中毒の原因だって言うんですか？　うちではアプリティーボ以外にも魚介類を卸してます。今まで中毒が起きた事はありません！」

きっぱり断言する小林に、右京が続けて訊ねた。

「こちらは保健所の検査は受けてますよね？」

「ええ、担当者は増井さんです」

小林は自信たっぷりに答えた。

「立ち入り検査の記録です」

港南保健所を訪ねた右京に資料を差し出した増井由美は、内心穏やかではなさそうだった。

「お手数をおかけしてすいませんね。拝見します」資料をつぶさに見ながら右京が言った。「冷凍ものが多いようですねえ。すべて異常なしですか」

「ええ、今年の春に検査したばかりです」

由美が答えた。

「しかし、不思議ですねえ。〝冷凍ボイルえび〟とあるのに〝生食用〟とはどういう事でしょう？　ゆでている段階でもはや生食ではないような気がするのですがね」

資料には確かに〈冷凍ボイルえび（生食用）〉との表記があったが、その細かい指摘に由美は苛立ちを隠さず言った。

「食品衛生法上、魚介類が生食を表示出来るかどうかは腸炎ビブリオが残存している数によります。菌の数がある一定を下回れば生食を表示出来ます」

「しかしですよ、ゆでている以上もはや生ではないのですから、この〝生食用〟という表示は変えるべきではありませんかね？」

重箱の隅を突《つつ》くような右京の言葉に、由美はついに我慢の限界に来たようだった。

「あのう、忙しいんです。帰ってもらっていいですか？」

「ああ、これは失礼」

少々気圧された右京は、詫びを入れた。

特命係の小部屋に戻った右京を、米沢が待っていた。享がスマートフォンで撮影したスープトップの芯棒の突起の形は、やはり被害者の首筋についていた傷跡の文様と一致したというのだ。やはりこの部品が露出した場所で、被害者は殺されたと考えるのが妥当のようだった。

右京は再びミヤ食品加工を訪れた。

「今日はまたなんですか？」

右京の顔を見た円は、眉を曇らせた。右京が訊ねた。

「スープトップ、メンテナンスから戻ってきたようですねえ。結局、あれにどのような不具合があったのでしょう？」

「それが、不具合なんかなかったって……」

「しかし、あなたは不具合を感じたわけですよね？」

「ええ」

「どのような？」

円は記憶をたどるような顔で答えた。

「なんか味が、こう、違っているような気がして……」

円はスープトップで作る料理の味が、どれも何となくいつもと違うように感じたのだと言った。

「ちなみにこちらの会社でアプリティーボに卸している料理のうち、スープトップで作っているものは、どれでしょう？」

右京は円の返答をもってウラカワ機械に赴いた。享も病院から駆けつけて合流していた。

「それはミネストローネ、オッソブーコ、そして〈アプリティーボ特製ソース〉だそうです。なぜこれらの味が違ってしまったのでしょう？」

「確かに味が違うって言われましたけど……」

右京が訊ねると、浦川は怪訝そうに答えた。

「本当に不具合はなかったのでしょうか？」

右京の追及に、浦川は少々気分を損ねたようだった。

「なかったですよ。まさか刑事さん、うちのスープトップが食中毒の原因だとでも言うんですか？」

「それはわかりませんが、岡谷望さんが殺害された現場にスープトップがあった可能性が極めて高いんです。それもこの部品が露出した状態で」右京はスープトップの芯棒の写真を示して訊ねた。「これ、スープトップの部品ですよね？」

浦川は頷いた。

「だとすると、どこが怪しいかという事になるんです。任意でここに鑑識入れさせてもらっていいっすか？」

亨の言葉に、浦川は顔色を変えた。

「お断りします！　うちは今大事な時なんです。変な噂でも立ったら……」

「ああ、上海に工場を建設中でしたね」右京が言った。

「そうです。今が正念場なんです！　海外に技術を売ってでも資金を得ないと、我が社は終わりなんです！」

そこに、上海と電話で遣り取りをしていたらしい女性社員が、浦川に声をかけた。

「なんだ？　どうした？」

「日本から輸出した材料が上海の税関を通らないって……」

「そんなはずないだろう！　向こうが要求した材料だぞ！　税関も検疫も大丈夫だって向こうが！」

浦川は激した。

「工事を止めるよう連絡しますか？」

おずおずと訊ねる女性社員に、浦川は「私がする」と指示を出した。

「中国進出も、大変そうですね」

そう声をかけた右京を振り返り、浦川は声を荒らげた。

「でも諦めませんよ。スープトップで作るスープやソースは本当に美味しいんだ！　客がそう言ってくれるのは何よりも嬉しいし、だから海外もこの技術が欲しいと言ってくれるんだ」

五

「明日から営業を再開させるようですねえ」

アプリティーボお台場店の前に張り出された告知を見て、右京が言った。

「ええ」亨が頷く。

「アプリティーボから原因菌は出ませんでしたからねえ」

そう言いながら踵を返す右京に、亨が訊ねた。

「杉下さんは、食中毒と殺人が関係していると思ってるんですよね?」

「はい」

「実際どこまでわかってるんです?」

「僕が今一番知りたいのは、食中毒を起こしたメニューが何かという事です」

そんな右京に、亨は意外な提案をした。

「じゃあ、ちょっと、明日付き合ってもらえませんか?」

翌日、亨が右京を連れていったのは、新宿中央病院だった。そして遥香に引き合わせ、あの夜、清美が食べたメニューについて何か聞いていないかと訊ねたのだった。

「特に何かのスープを飲んだ、何かのソースをかけて食べた、そのような事はおっしゃってませんでしたか？」

遥香は必死に記憶の糸をたぐりながら言った。

「あの夜は、母は帰ってくるなり具合が悪いって、先に寝ちゃったんで……翌日は私より早く家を出たし……あっ、ただ、楽しみにしてたのに味が変わったって」

「味が変わった？」右京が聞き返した。

「はい。帰ってきた時、そう言っていた気が……」

右京が重ねて訊ねる。

「お母様はどのような料理を楽しみにしていたのかわかりますか？」

遥香は少し考えてから答えた。

「もしかしたら、前に私と行った時に美味しいって言ってたサラダかも」

「それって、どれかわかる？」

享はすかさずポケットからアプリティーボのメニューのコピーを出して遥香に見せた。

遥香の指したのは〈有機野菜の健康サラダ〉というものだった。

「生野菜から腸炎ビブリオって出ますかね？」

怪訝な顔をする享に、右京が少し考えてから血相を変えて言った。

「カイトくん、大変です。アプリティーボの営業は今日からです！」

ふたりは全速力でアプリティーボお台場店に向かった。

「はい、ストップストップ！　手を止めて！　今日の営業は中止にしてください！」

開店準備をしている厨房に入った享は、警察手帳を掲げながら声を張り上げた。右京が続ける。

「まもなく保健所から全店舗に連絡があるはずです」

「どういう事ですか？　理由を説明してください」

慌てふためいて出てきた店長に、右京は店員が持っている〈アプリティーボ特製ソース〉の袋を指した。

「理由は、それ」

「これはうちの特製ソースですけど……」

店長は狼狽した。享が袋の裏にある成分表を読む。

「材料は、牛乳、ホタテ、玉ねぎ、肉エキス、酢、セロリ」

「サラダにかけて食べるんですね？」右京が訊ねる。

「ええ。サラダとかカルパッチョとか」

「ホタテが入ってますよね？」享が確認する。

「ええ、贅沢《ぜいたく》に生食用を使ってて美味しいですよ」

店長は誇らしげに言った。

「このソースを入れる容器は？」

右京の質問に、店長は傍らにあったガラスのソース入れを指さした。お客が自由にかけられるように、いつもこの容器に入れて提供しているとのことだった。袋から容器に移すのは営業前のこの時間で、必ずその日に届いたばかりのソースを使う。余ったものはすべて廃棄し、容器もきれいに洗うという徹底ぶりだった。

「じゃあ、保健所が押収したこれは、きれいに洗ったあとの空の容器……」

享がソース入れを手に取った。

「そういう事ですねえ」

頷いた右京は厨房の片隅にあった段ボール箱に着目した。

「大きな箱ですねえ。それこそ人ひとり入れそうです」

その日使う食材がすべてその段ボール箱に入って送られてくるのだという。

「杉下さん、これ……樹脂じゃないっすか？」

享が段ボール箱の蓋《ふた》の部分に付いているものを擦《こす》った。

「ええ、冷蔵用の箱にはよくあるタイプです」

右京が答えた。

右京と享は阿部を訪ね、二枚の写真を差し出した。一枚はスープトップ、もう一枚はアプリティーボお台場店の厨房にあった、大きな段ボール箱の写真だった。

「この押収したふたつを鑑定した結果、食中毒を起こしたメニューがわかりました」

「メニューって……まさかうちの店のメニューですか?」

右京の言葉に、阿部は我が耳を疑った。

「そうです。あの日、あなたの店が営業前に保健所の定期検査を受けていれば防げたかもしれない」

享が言うと、阿部は悲痛な顔で聞き返した。

「そのメニューって一体なんなんですか?」

〈アプリティーボ特製ソース〉が元凶だったという事実をもって、右京と享はウラカワ機械を訪れた。

「この機械で作ったソースです」

享がスープトップを指すと、右京が鑑定書を見せて浦川に説明する。

「材料は牛乳、ホタテ、玉ねぎ、肉エキス、酢、セロリ……これを作ったスープトップを解体して鑑定した結果、加熱するヒーターの部品の一部が欠損していました」

「えっ⁉」浦川が声を上げた。

それが原因で、通常よりも加熱温度が上がらずに味もいつもと違い、従って加熱による殺菌も充分ではなかったことを、ふたりは浦川に説いた。

「なんでそんな事に……」

浦川は言葉を失った。

料理の味が変わったのは定期検査の後だった。だとすると加熱する部品の一部がなくなったのもその時ということになる。

「つまり、食中毒の原因を作ったのは、この工場ですよ」

右京に追いつめられた浦川は、茫然と見返した。

「知らなかったじゃ済みませんよ」享が追い討ちをかける。

「上海工場の立ち上げで、検査する技術者が不足してて……」

おろおろと取り繕おうとする浦川を、享が一喝した。

「そんなの言い訳にならないでしょう！」

浦川は茫然自失したまま言い訳を続けた。

「日本の仕事は全部私ひとりでやらなければならなかった。そのうえ毎日のように上海で問題が起きて……」

その浦川に、右京は静かに言った。

「客が美味しいと言ってくれる事が嬉しかった……それが、この機械を開発したあなたの自慢でしたね」

亨が続ける。

「その自慢の技術であなたは客の笑顔を奪った」

そこへ水倉がやってきた。

「どうも。ご連絡いただき」ふたりに頭を下げた水倉は、浦川の前に立った。「浦川社長ですね。集団食中毒事件について任意同行をお願いします。いいですね？」

浦川は泣きながら頷いた。

「食中毒の原因を突き止めていただきありがとうございました」

水倉は丁寧に礼を述べて去って行った。

「食中毒を起こした原因は、もうひとつあります」

右京は人さし指を立てた。

「ええ」亨が答えた。

六

ふたりはミヤ食品加工に円を訪ねた。

「こちらにあったスープトップを鑑定した結果、解体しないと消毒出来ない箇所からこちらの会社がアプリティーボに卸している特製ソースの成分が検出されました」

右京が円にそう言うと、享がスープトップの写真と鑑定書を見せた。

「食中毒を起こしたのと同じ型の菌と一緒に……つまり、このスープトップが感染源です」

円はその鑑定書を手に取って言った。

「まさか……定期検査の時に？　だったらうちのせいじゃない。これを検査したウラカワ機械の落ち度だ！」

必死に首を振る円に、右京が言う。

「鑑定書をよく読んでください。検出されたソースの成分にはホタテが入っています。しかも、使われたホタテはこれでした」

享が商品の写真を円に突きつける。それは〈冷凍ボイルほたて〉の袋だったが、ただし（加熱用）となっていた。享がもう一枚の商品の写真を示す。

「アプリティーボからはこの生食用を指定されてますよね？」

右京がその違いを説明する。

「加熱用と生食用では付着する菌の数が大きく違います。しかも、あの日は加熱する温度が足りなかった」

享が続ける。

「だから、いつもと違う味のソースになったんです」

「それを不自然に思ったあなたは……あの夜、スープトップを分解して調べたのでしょう。そこへ彼女が……」

右京が言葉で再現してみせたところによると、状況はこうだった。

岡谷望はおそらく、加熱用の〈冷凍ボイルほたて〉の仕入れが急に増えていることを指摘して、その理由を円に訊ねたのだろう。円は新たな取引先ができたなどと言い訳をしたに違いない。ところが生食用の仕入れがそれに合わせたように減っていることから、望の疑いは確信に変わった。望は作業場の隅にあるゴミ箱に、加熱用の〈冷凍ボイルほたて〉の袋が多数捨てられているのを見つけて、それが明日アプリティーボに出荷する特製ソースに使われたのではないかと円に詰め寄った。言い訳をしようにもゴミ箱には生食用の袋はない。もはや隠す余地もなかった。円は開き直って言った。

――うちも苦しいんだ！　食材は出来るだけ安く上げたい。それで今まで何も問題は起きなかったじゃないか！

――今までって……いつからやってたんですか⁉

望はさらに追及した。

――どうせソースにする時、加熱するんだ。加熱用を使ってなぜ悪い⁉

――あのソースのレシピは私が作ったんです！　生食用でないとあの味は出ないんで

す！　それにアプリティーボに卸すものはすべて指定の食材を使う。そういう契約になってたはずですよ！

言い逃れができなくなった円は、何とか見逃してくれないか、と泣き落としにかかったが、仕事熱心な望は会社の信用と自分のプライドにかけても頑として譲らなかった。ついに揉み合いになり、円が望を突き飛ばした瞬間、スープトップの胴から引き抜いてあった芯棒に望は首をぶつけ、倒れた際に頭部を強く打って……。

右京にすべてを暴かれた円は、しかしなおも悪あがきを謀った。

「ここで殺されたという証拠はないじゃないですか！　これが……これがあるのはうちだけじゃないんです！」

円はスープトップの写真を示して声を荒らげたが、右京と享はさらに追いつめた。残念ながら芯棒に付着していた血痕はきれいに消毒されていたが、望の靴底についていたサラダオイルはアプリティーボに指定されているもので、おそらく作業場の床にこぼれていただろうこと。また同じく靴底から検出された樹脂は、食材を納入するための大きな段ボール箱についているものと同じだったことを指摘した。

「サラダオイルもその箱も、アプリティーボにも同じものがあるじゃないですか！」

円はさらに抵抗しようとしたが、右京の次の言葉で打ちのめされた。

「もしその箱に岡谷望さんの遺体を入れて運んだのだとしたら、現場にはその犯人の靴跡が残っているはずですね。いかがでしょう？　あなたの自宅と職場からあなたの靴を提出して頂けますか？」

亨がさらに言う。

「で、それが合致したらここに鑑識を入れる令状なんて簡単に取れるんですよ」

最早わなわなと震えているだけの円を、右京の怒声が襲った。

「円さん‼」

その瞬間、円は崩れ落ちるように椅子にへたりこみ、恥も外聞もなく泣いた。

右京と亨から連絡を受けた伊丹と芹沢が、覆面パトカーでやってきた。円を車に乗せながら、芹沢が携帯で誰かと話をしている。

「円社長は殺人だけじゃなく食中毒の被疑者でもあるようなんですよ。どうです？　一緒に聴取しません？」

それを見て伊丹が睨みを利かす。

「おい、誰に電話してんだ」

芹沢はそれを無視して、

「はい。じゃあ、お待ちしてまーす」

と電話を切った。

「シカトかよ」

伊丹が舌打ちをして去って行った。


その夜、右京と享は行きつけの小料理屋〈花の里〉で盃を傾けながらこの事件を振り返った。

「生食用じゃなく加熱用の材料でソースを作ってしまった……。調理器は加熱温度が足りなくて殺菌が出来なくて、それを出す店も営業前に検査を断ってたなんて……」

享が遣りきれない思いで言った。

「どこかひとつでも機能していれば、食中毒は起きなかったのかもしれませんねえ」

右京が徳利を持ち上げながらしみじみと言った。

「運が悪かったって事ですか？」

女将の月本幸子が訊ねる。

「運が悪かったじゃ済まない話ですよ」

享がビールのグラスを呷った。

「みんな目先の利益が欲しくて一番大切なお客様の事を忘れてしまったのかもしれませんねえ」

「ええ、明らかな人災です」

右京が幸子に同意したところで、享のスマートフォンが着信音を鳴らした。

「もしもし。どうかした？　うん……えっ？　お母さんの意識戻った。よかった！　うん。もうお母さんと喋った？　あ、そっか……」

突然明るい表情になった享を見遣り、右京は微笑んで盃を干した。

第四話
「別れのダンス」

一

笛吹悦子が社交ダンスを習っているのは知っていたが、こうしてまともに踊っているところを見るのは、もしかしたら初めてかもしれない、と甲斐享は颯爽《さっそう》と踊る恋人の姿に目を凝らした。

隣では警視庁特命係の上司である杉下右京と、行きつけの小料理屋〈花の里〉の女将、月本幸子が先ほどからしきりに声援を送っている。数組のペアがフロア狭しと行き交っている。三十四番のゼッケンをつけた悦子は、背の低い、ちょっとうだつが上がらない風貌の男性と組んで踊っていた。

「悦子さん、頑張って！」

大声でエールを送る幸子に、右京が耳打ちした。

「この場合、名前ではなく番号で応援するようですよ」

「そうなんですか？」

「ええ、このように」といいつつ、右京も両手でメガフォンを作って「三十四番！」と声をかけた。

幸子ももう一度「三十四番、頑張って！」と声を張り上げてから、「思ってたより威勢がいいんですね、社交ダンスって」と感想を述べた。

「最近ではボールルームダンスと言うのが一般的なようですねえ」

「へえ」

いつの間にダンスにも詳しくなっている右京に驚きながら、享は悦子に目を遣った。

「今日の悦子さんのお相手はどなたですか？」右京が訊ねた。

「同じ会社で佐野《さの》さんっていう社内一のダンス通みたいですよ」

その相手、佐野伸夫《のぶお》は先ほどから小声で「ナチュラルターン！」とか「真っすぐ！　笑って！」などと悦子から指示を受けつつ、どことなくたどたどしい足どりで踊っていた。

「なんだか悦子さんの方がリードしてるみたい」幸子が言った。

「ちょっと心配ですねえ」

その右京の危惧はどうやら当たったらしく、悦子のペアは予選落ちしてしまった。競技が終わって選手たちは廊下を控室に向かっていた。享も右京と幸子とともに廊下に出ると、佐野が悦子に向かって何度も何度も深々と頭を下げているのが見えた。

享が悦子に声をかける。

「残念でしたねえ。でも、すごく素敵でした」

幸子が率直な感想を述べると、悦子は、

「いいえ、実力は自分が一番よくわかってますから」

と少し落ち込みがちに言った。

「よし！　飯でも食いに行こうぜ」

そんな悦子を励まそうと享が威勢よく言ったが、悦子はそれを断って、さっきと裏腹のはしゃいだ声で言った。

「ダメ！　決勝前のプロのデモンストレーションに、芳川《よしかわ》くんっていう、もう若くてうまくてイケメンの男の子が出るの！　絶対おすすめのいち押しだから、杉下さんと幸子さんも見ていきましょう！　ね？」

右京と幸子の背中を押して会場に戻る悦子の後を、享もしぶしぶついて行った。

そのデモンストレーションに移る前に、このヨッバ電機ホールのオーナーでもあるヨッバ電機産業CEOの湯沢武大《ゆざわたけひろ》から挨拶があった。湯沢はボールルームダンスの愛好家としても有名で、それが高じてこのホールを買い取ったということだった。

登壇した湯沢は豊かな白髪をオールバックにし、白い口ひげを生やしていた。タキシードに蝶ネクタイという出立ちが、いかにも経営者然としながら、趣味人でもあることを表していた。

ひと通りの挨拶を終えたのち、司会の岡本《おかもと》からデモンストレーションの後に湯沢社長からサプライズな発表があるとの予告があり、いよいよデモンストレーションが始まった。ひと組目は先ほど悦子が言っていた新進気鋭の芳川圭一《けいいち》が国東遥子《くにさきようこ》と組んだ若手ペアだった。

「待ってました！」

誰よりも先駆けて悦子がエールを送る。と同時に会場各所からも「芳川くーん！」という黄色い声が上がった。スイング調のビッグバンドジャズに合わせ、翔《と》ぶように跳ねるように踊るふたりは息もぴったり合い、その一糸乱れぬ演技は見事としかいいようがなかった。一連の華麗な動きをぴたりと止めてフィニッシュを決めると、会場からは割れんばかりの拍手と歓声が上がった。

そして次は二〇〇六年全英選手権のセミファイナリストである須永肇《すながはじめ》と今宮礼夏《いまみやれいか》によるデモンストレーションだった。こちらは一転してゴスペル『アメイジング・グレイス』に乗せた、静かでゆったりとした大人の雰囲気の演技だった。

暗転したフロアにスポットライトが当たる。気品と貫禄が漂うステップが刻まれ、スムーズにターン……と思ったその矢先だった。須永が床に置いた軸足をくじき、ふたりはバランスをくずした。その瞬間、須永は床と礼夏の間に体を滑り込ませて倒れた。

「どうしました？　大丈夫ですか？」

会場がどよめくなか係員や救急医が床に蹲《うずくま》る須永に駆け寄った。

「足首を捻ったようで……痛っ！」

須永は足首に手をやり、顔を顰めた。

「とにかく控室へ」

須永は肩を支えられて控室へと下がっていった。それを見送った礼夏は、動揺を隠せない客席に向かってポーズを作り、深々と礼をした。会場から拍手が起こった。

思わぬアクシデントに見舞われ、当初予定されていたサプライズな発表こそ中止になったが、プログラムは無事終盤を迎え、成績発表と表彰で幕を閉じた。

「すみません。最後まで付き合ってもらっちゃって」

客席を立ったところで、悦子は右京と幸子に礼を述べた。

「いいえ、全然！　私、初めてだったのですごくおもしろかったです」

幸子が笑顔で応えると、右京も微笑んで言った。

「僕も久しぶりにいい気分転換になりました」

「とりあえず出ますか」

享が促したところで、幸子は店の準備があるとのことで一行と別れた。残された三人も出口に向かおうとしたとき、悦子がハンドバッグに手を入れて声を上げた。

「いけない！　携帯、控室に置いてきちゃった」

悦子につき合って、享と右京が控室の前の廊下で待っていると、湯沢社長が慌てた様子でやってきた。どうやら茂手木《もてぎ》という社員を探しているようだった。

司会をしていた岡本との擦れ違いざまに、湯沢が茂手木の居場所を訊いたが、岡本も知らないようだ。その騒ぎに気づいて今宮礼夏も控室から出てきた。

「どうかしました？」

「茂手木の姿が見えなくて……このあと重要な打ち合わせがあって、それに必要な書類を受け取るはずだったんですよ。このままじゃ間に合わなくなる」

湯沢は困憊《こんぱい》した様子で言った。

「茂手木さんなら役員控室で仕事をしてるとおっしゃってましたけど」

礼夏が応えると、湯沢は廊下の奥にある役員控室に向かった。岡本と礼夏がそれに続き、何となく気になった右京と享も後を追いかけた。

「茂手木、いるのか？」

役員控室には鍵がかかっており、湯沢がノックし、声をかけても返事がなかった。しかし明かりは点いており、どことなく人がいる気配はあった。湯沢は岡本に鍵を借りてくるように頼んだ。

「茂手木！　いるのか？　時間がない！　早く書類を渡してくれ！」

切羽詰まった様子でノックを続ける湯沢に、先ほどからの経緯を窺っていた右京が声を掛けた。

「携帯電話にかけてみてはいかがでしょう？」湯沢が驚いて振り返る。「あ、失礼。先ほどからお話が耳に入ってしまい、お困りのようでしたのでつい……」

「携帯鳴らせば中にいるかどうかわかるんじゃないですか？」

亨が続けて言うと、湯沢は礼を言って携帯を取り出した。かけると確かになかで着信音がする。

「鳴ってます。もう大丈夫ですから」

湯沢が右京と亨に告げると、頷いたふたりは後方で様子を窺っていた悦子を促して踵を返した。そこに鍵を持った岡本がやってきた。無事ドアも開き一件落着……と思いきや、役員控室から悲鳴が聞こえた。右京と亨が急いで引き返してみると、そこには信じられない光景が待っていた。茫然と立ちすくむ三人の視線の先で、茂手木と思しき男が床に倒れて死んでいたのだ。

二

亨はすかさずスマートフォンを取り出し本庁に連絡を入れた。死体を検《あらた》めた右京は、鞄のなかから運転免許証と社員証を見つけて読み上げた。

「茂手木文彦《ふみひこ》さん、四十三歳。お捜しの人物で間違いありませんね？」

「はい。うちの法務部の社員です」

湯沢が答えた。右京はさらに被害者の携帯を開き、着信履歴を見た。最後は十八時四十五分、つまり先ほど湯沢がかけたものだった。それ以前にも湯沢からの着信が幾つかあったが、それはおそらく捜している最中のものだろう。次に発信履歴を見ると、十七時過ぎに今宮礼夏に電話をしていた。右京がそのことを礼夏に訊ねた。

「十七時過ぎに茂手木さんから電話がありましたよね？」

「はい。デモンストレーションのあと、携帯に」

「差し支えなければ内容をお話し頂けますか？」

右京の問いに礼夏が答える。

「何かお話があったみたいで、役員控室で仕事をしてるので競技会が終わったら声をかけてほしいと仰ってました」

「なるほど。茂手木さんはよくこの部屋でお仕事を？」

その質問には岡本が答えた。

「はい。湯沢社長はほとんど使われないので、競技会の間は茂手木さんがよく使っておりました」

そのとき、被害者の持ち物を調べていた享が右京を呼んだ。財布を確かめたところ、カード類や小銭は残っているが紙幣が消えているという。もし物盗りだとしたら……右京は部屋を見渡した。入口の鍵はかかっていた。ということは、侵入し脱走したのは窓からしかありえない。右京と享は窓にかかっているカーテンを開けてみた。案の定、窓は半分ほど開いていた。

享の連絡により、本庁から多数の捜査員がやってきた。早速現場検証を行った鑑識課の米沢守によると、解剖を待たねば正確なところはわからないが、死因はおそらく後頭部打撲による脳挫傷。凶器は鈍器のようだが室内にそれらしい物はない。死亡推定時刻は十五時三十分から十七時三十分の間。つまり被害者は十七時十分に今宮礼夏に電話をしたあと、十七時三十分までの二十分間に殺されたということになる。

捜査一課の伊丹憲一と芹沢慶二は控室で湯沢社長と礼夏から事情聴取をしていた。そこへ右京と享が入っていくと、伊丹が立ち上がり、いつもながらのクレームポーズに入った。

「俺たちも第一発見者なんすよ」

享が先制攻撃を仕掛けると、右京もニッコリ笑って言った。

「なんでも聞いて頂いて結構ですよ」

「はいはい」

伊丹は面白くなさそうに座って質問を続けた。

「亡くなられた茂手木さんやあなたはどうしてこちらの会場にいらしたんですか?」

湯沢が答える。

「私ども、ヨツバ電機産業は本年度からボールルームダンスを積極的にサポートする方針を打ち出しまして、茂手木には選手との契約事務などを任せておりましたから」

すかさず右京が相槌を打った。

「なるほど。それで被害者の茂手木さんは、今宮礼夏さんの携帯電話の番号もご存じだったわけですね」

「第一発見者の警部殿は黙ってて頂けますか？」

伊丹がわずかに気色ばんだ。

「ああ、これは失敬」

今度は芹沢が犯行時刻にふたりがどこにいたのかを訊ねた。答えたところによると、湯沢は十五時ころに会社を出て、準決勝が始まる十六時直前にホールに着き、その後は十八時半の表彰式までずっとダンスフロアの役員席にいた。また礼夏は十五時過ぎにホールに着き、控室で髪を整えたりストレッチをしたりして、十七時頃フロアでデモンストレーションのダンスをした、とのことだった。

「拝見しました。大変でしたねえ。あなた、おけがは？」

右京が気遣った。

「私の方は大丈夫です」

またもや口を挟んだ右京を伊丹が睨みつける。芹沢が訊ねた。

「で、そのデモンストレーションのあとは？」

「控室に戻って、その時に茂手木さんから電話がかかってきたんです。そのあとは着替えをしたり、メークを落としたりしていました」

そこで享が率直な疑問を投げ掛けた。

「ボールルームダンスの事はよくわかんないんですけど、ペアを組んでる須永さんと一緒に会場に入るとか、踊る前に練習をするとかはしないんですか？」

礼夏は心なしか冷たく言い放った。

「いいえ。最近は競技会の直前でしか一緒に行動するような事はありません」

ひと通りの情報収集を終えて右京と享がホールのエントランスを出たところで、足に怪我をした須永が係員に支えられながらひとりタクシーに乗るところに遭遇した。

「相方が怪我したっていうのに、見送りも付き添いもなしですか」

先ほどの礼夏の冷淡さを思い浮かべて、享が呆れたように呟いた。

翌朝、警視庁特命係の小部屋に珍妙な男が入ってきた。背広の上着に後ろ前逆に腕を通し、ダンスの真似をして滑るようなターンで入口をくぐる……隣の組織犯罪対策五課の課長、角田六郎だった。

「暇か？」

パソコンを眺めている享の前でステップを止めた角田は、お決まりのフレーズで挨拶した。

「なんなんすか？　それ」

亨が呆れ顔をした。

「ダンス。見に行って事件に巻き込まれたんだろ？」

「おや、もう課長の耳にも入っていましたか」

モーニングティーのカップを片手に右京が言った。

「事務所荒らしの果ての殺人だってな。物騒だよなあ」

角田は少しはしゃぎ過ぎだったことを反省してか、バツが悪そうにまたターンして出ていった。

「やっぱ一課の見立ては居直り強盗なんだ。だとすると、杉下さん。ちょっと気になる事が……」

右京が亨の顔を見た。

「奇遇ですねえ。僕も気になっている事があります」

亨の方は〝気になっていること〟を晴らすために、職場に悦子を訪ねた。

「どうしたの？　昨日はダンス、興味なさそうにしてたのに、何？　聞きたい事って」

空港の近くに呼び出された悦子は、ちょっと意外そうな顔で訊いた。

「ああ、昨日デモンストレーションに俺たちを誘った時、言ってたよな？　あの芳川ってダンサー、若くてうまくてイケメンで絶対におすすめのいち押し……」

なんだ、嫉妬しているのか、とちょっと可笑《おか》しくなった悦子は笑いながら言った。

「ごめんね！　ちょっとはじけすぎちゃったよね」

「まあ、いいんだけど……デモンストレーションにはもう一組、須永肇と今宮礼夏も出場していた。須永さんのペアは日本を代表するダンサーなのに、なんでおまえのいち押しはあの芳川くんだったの？」

悦子が答えた。

「それは……確かにね、須永さんたち昔はすごかったし私も大好きだったの。だけどここ数年はさ、国内の大会でも全然成績を残せてなくて、まあ最悪ペアを解消しちゃうんじゃないかなって」

一方の右京はヨツバ電機産業に湯沢を訪ねた。右京の〝気になっていること〟とは、昨日発表されなかった〝サプライズ〟とは何かということだった。言い淀んでいる湯沢に、右京がカマをかけた。

「ひょっとして、須永さんと礼夏さんのペアを解消する話だったのではありませんか？」

「どこからそのような話を……」

図星だったのか、湯沢は驚いた顔で右京を見た。

「やはり成績不振が原因でしょうか？」

訊ねられて湯沢は正直に話した。

「確かに須永・礼夏組のダンスは素晴らしかった。何しろ全英選手権のセミファイナリストですから。国内では敵なしの最強ペアで、何よりもふたりの息の合ったステップはまさに芸術でした。ですが、ここ数年は往時の輝きとはほど遠いパフォーマンスばかりで……須永さんの年齢を考えれば無理もありませんが」

「という事は、須永さんは引退され、礼夏さんは新しいリーダーと組むという事でしょうか？」

「ええ。デモンストレーションの前半に出てもらった芳川くんです。芳川くんの才能は若手の中ではずば抜けています。彼の若さと今宮礼夏さんの優雅さを合わせ持ったペアなら、全英選手権のファイナリストも夢ではない。私はそう信じています」

そこで右京は左手の人さし指を立てた。

「最後にひとつだけ。ペアの解消ともなれば当事者同士でトラブルになったりはしなかったのでしょうか？」

湯沢は眉を曇らせた。

「契約の手続きや当事者への説明などは茂手木に一任していましたから、正直、私にはそこまで……」

三

遺体の司法解剖の結果が出た。死因はやはり後頭部打撲による脳挫傷。凶器は表面が平らな鈍器。おそらく四角い箱状の何かだと思われた。役員控室の床には血痕はほとんど見られず、指紋や下足痕《ゲソこん》など犯人を特定するようなものは検出できなかった。

「ただひとつ、興味深い事が……」

米沢が付け加えた。現場の机の上にあった被害者のパソコンだが、バッテリーが取り外されていたのだ。もしこの状態で使うのであればコンセントに繋いで電源を得なければならないが、そのためのACアダプターはブリーフケースに入れられたままだったというのだ。

「妙ですねえ」右京が首を傾げた。「遺体発見時、パソコンは開いた状態で置かれていました。あたかも被害者が亡くなる直前まで仕事をしていたかのように」

「じゃあ、茂手木さんが仕事中に殺害されたっていうのは犯人の偽装？」

亨も問題のありかがわかったようだった。

「だとすると、話を聞くべき人物が出てきますねえ」

「今宮礼夏ですね。じゃあ俺は須永さんの方、当たります」

素早く反応した享を、右京は感心した顔で見た。

「君、最近わかりが早くなってきましたねえ」

隣で米沢もしきりに頷いていた。

右京は今宮礼夏をダンススタジオに訪ねた。礼夏はひとりでレッスン中だった。

右京の話を受けて、礼夏が聞き返した。

「パソコンですか？」

「ええ、パソコン。茂手木さんのパソコンは使えない状態でした。ところが事件の夜、茂手木さんとの電話の内容を聞かれたあなたはこうお答えになりました。『役員控室で仕事をしてるので競技会が終わったら声をかけてほしいと仰ってました』茂手木さんは本当にそう仰ったのでしょうか？」

「もちろんです。どうしてそんな事を？　事務所荒らしの犯行だとニュースでは言っていましたけど」

「もし仮に事務所荒らしの犯行ならば、何もわざわざ使えないパソコンを開いて仕事中に襲われたように見せかける必要はありませんよ。そう思いませんか？」

礼夏はキッと右京を睨み、言った。

「そんな事、私に聞かれても困ります」

美貌に潜んだ意外なきつさに、右京は多少気圧された。

「これは失礼。ところで、茂手木さんはあなたと須永さんのペア解消の手続きを進めていたようですね」

礼夏は意味深な目で右京を見返した。

「まさかと思いますけど刑事さん、私の事疑ってるんじゃありません？」

「おや、そんなふうに聞こえてしまったのならば申し訳ない。では、申し訳ないついでにもうひとつ伺いたいのですが、長年ペアを組んできた須永さんとの別れにあなたは何か抵抗のようなものは感じないのでしょうか？」

礼夏は即座に答えた。

「いいえ。湯沢社長からお話を伺う前から、ペア解消の事は考えていましたので」

「つまり、須永さんに何か不満があった？」

礼夏は虚空を見つめながら厳しい表情で言った。

「ボールルームダンスではリードは常に男性で、どんな方向に行くのか、どんなステップを踏むのか、すべては男が決めなければ女は一歩も踏み出す事は出来ません」そして右京を振り返り、ニヒルな微笑を浮かべた。「ですが、今回だけは私から一歩踏み出そうと思ったんです。ですから、今回の話は正直私にとって渡りに船でした。そんな私が担当の茂手木さんとトラブルになるなんてありえませんよ」

須永の自宅の応接間には、これまでに獲得した数々のトロフィーが飾られていた。それらを眺めながら、享は見舞いの言葉を述べた。

「怪我の具合はいかがですか？」

痛々しい足を投げ出してソファに座る須永が答えた。

「腱の方を少々痛めたようで……みっともないところをお見せしてしまってお恥ずかしい限りです」

「単刀直入に伺います。須永さんは今宮さんとのペアを解消される事に納得されてらっしゃるんですか？」

須永は率直に答えた。

「もちろんです。何しろここ数年はろくな成績を出せていなくて、リーダーとして責任を痛感していたし、もう年も年ですからそろそろ競技からは引退しようかと」

「じゃあ、自分から身を引く気だった」

「彼女ならブラックプールのファイナリストにもなれる。そのチャンスを私が摘む事なんて出来ません」

その言葉にはダンサーとしての誠実さがにじんでいた。

「礼夏さんとその件について話し合ったりはされたんですか？」

享の質問に、須永はやや自嘲気味に答えた。

「ハハッ。話さなくてもわかるんですよ」

「え？」

「彼女とは十年以上組んできましたから。向き合ってホールドした瞬間、彼女は私のリードに満足していない。そんな気持ちをこの一年、痛いほど感じてきました」

「だとすると、須永さんは茂手木さんや湯沢社長を恨んではいない。そういう事ですか？」

「ええ。そのような事はまったく」

須永は断言した。

ふたりは面会の成果を持ち寄って、特命係の小部屋のホワイトボードに事件のあらましをまとめてみた。

「本人は否定してましたけど、やっぱり須永さんには湯沢社長、茂手木さんを恨む理由があります」

享の言葉を右京が受けた。

「ペアを強引に解消させられたのだとしたら、その可能性は否定出来ませんねえ。ただし、その場合の問題はアリバイですね」

亨がホワイトボードに書き出された時系列に沿って確認する。

「今宮礼夏の供述が正しければ、茂手木さんは十七時十分には役員控室にいて仕事をしていた。その後、十七時半までの二十分間に殺害された。ところが、須永さんは十七時からのデモンストレーションの最中に怪我をして控室へ担ぎ込まれた」

「怪我をした足で役員室に向かい、犯行を犯すのは不可能でしょうねえ」

「だとすると、怪我は嘘でアリバイのためにわざと転んだフリをした」

「はい？」

亨の唐突な新説に、右京は思わず振り向いた。

「言ってみただけです」

亨は即、撤回した。

翌日、右京と亨は芳川圭一と国東遥子の所属するダンススタジオを訪れた。スタジオでは幾組かのペアが踊っていたが、ふたりは練習の合間だったのか、揃って右京と亨の面会を受けた。右京が早速、本題に入る。

「ぶしつけな事をお訊ねしますが、芳川さんと礼夏さんが新たなペアを組む事を遥子さんはご存じだったのでしょうか？」

「はい。もちろん聞いてますし、芳川くんとも何度もその話は……ね？」

遥子が親しげな口調で芳川に同意を求めると、彼も首肯した。

「遥子さんは不満に思ったりはしていないんですか？」

　享が訊ねると、遥子は明るい顔で否定した。

「全然！　実は私、ラテンに転向しようと思ってるんです。学生時代はスタンダードより得意でしたし、やっぱりラテンの方が向いてるかなって」

「そうですか。しかし、先日のデモンストレーションを拝見したのですが、おふたりの演技は息の合った素晴らしいものでした」

　決してお世辞ではない右京の言葉に、遥子は嬉しそうに応えた。

「全部芳川くんのおかげです。この間のＡＪＢカップで優勝出来たのだって彼のリードがよかったからだし。礼夏さんと組めるなんてすごいチャンスだから私も楽しみなんです」

　遥子に屈託はないようだった。右京が問う。

「ところで事件の日ですが、須永さんや礼夏さんに何か変わった様子はありませんでしたか？」

「控室でご挨拶させて頂きましたけど、特に変わった様子とかは……なあ？」

　芳川に同意を求められた遥子は、頷いてから思い出したように言った。

「うん。あっ、でも髪飾りが……」

「はい？」享が聞き返す。

「礼夏さん、踊る時はいつも同じ髪飾りをつけてるんですけど、あの日のデモンストレーションでは違うのをつけてたから珍しいなあって……」

遥子のその証言を受けて、特命係の小部屋に戻った右京と享は、直近の須永と礼夏のダンスの映像を再生して確認した。確かに、七月の競技会、九月のデモンストレーションでは礼夏は同じ髪飾りをつけて踊っていたが、先日のデモンストレーションでは別の髪飾りをつけていた。

四

右京と享は再びヨツバ電機ホールを訪れた。

「あんな事件があって片付けもままならなくて」

応対に出た岡本が嘆くごとく、会場は当日とほぼ同じ状態のままだった。フロアを歩き、ホールを見回した右京は、

「確かこの辺りからでしたねえ」

と呟くと、いきなりダンスのポーズをとり、パートナーがいないままひとりで踊りだした。

「あの方は何を？」

岡本が唖然とした顔で呟くと、享は正直に告白した。

「時々俺もついていけなくなる事があるんです」

まるで自己陶酔しているように踊る右京が、ステップを止め両手を挙げて叫んだ。

「ここ！　ここで転びました」

享と岡本が駆け寄る。

「それって須永さんの動き？」享が訊ねる。

「ええ。競技会などで何組もが一緒に踊る際にぶつかって転ぶ事は珍しくありませんが、なぜ一組だけのデモンストレーションで須永さんは転んでしまったのでしょう？」

「それを確かめるために須永さんのダンスを再現した……」

半ば呆れ顔の享を他所《よそ》に、右京は岡本に訊ねた。

「デモンストレーションの時、舞台袖にはパーティションが置かれていました。このパーティションの裏に何が置かれていたのかわかりますか？」

岡本によると、デモンストレーションは決勝の直前なのでもうほとんど物は置いていなかったのだが、その前には入賞者に渡すトロフィーが置いてあったという。それらは準決勝の前に役員席に移されたのだが……。それを訊いた右京の目が光った。

「そのトロフィーに何か変わった事はありませんでしたか？」

「ああ……D級で優勝した方から台座にヒビが入っていたから交換してほしいという電

話がありました」

右京の推測は当たっていたのだ。

そのトロフィーを押収し鑑識課で調べたところ血痕が見つかり、これが茂手木殺しの凶器と見て間違いないだろうと米沢は結論した。知らせを受けて鑑識課を訪れていた伊丹と芹沢は、特命係がもたらした予想外の進展に我が耳を疑っていた。

「競技会の間、あのトロフィーどこにあったんですか?」

芹沢が訊ねると、享が答えた。

「予選が終わった十六時まではパーティションの裏に置かれていました。そしてその後、役員席に運ばれています」

右京が付言する。

「つまり、トロフィーは十六時以降、誰からも見える場所に置かれていたという事になります」

芹沢が再び訊ねる。

「って事は、犯行は十五時半から十六時の間?」

「そういう事になりますねえ」

「ん? 犯人はトロフィーを持ち出し、役員控室で被害者を?」

その伊丹の言葉はすぐに右京に否定された。

「その可能性は低いでしょうねえ。トロフィーを凶器に選んだのは発作的な犯行だったから。つまり、犯行現場はパーティションの裏と考えるべきでしょう」

そこで享が重要な事実を持ち出した。

「ちょっと待ってください。被害者は十七時十分に今宮礼夏に電話をかけています」

「じゃあ、被害者は十七時まで生きてたって事？」

混乱した表情で芹沢が訊く。

「そういう事になるんです」

ますます迷宮に入り込んだところで、トロフィーの指紋を調べていた米沢が決定的な事実を突きつけた。その指紋が須永のものと一致したというのだ。

「任意同行かけるぞ！」

それを聞いて伊丹は芹沢に声をかけ、即座に出ていった。ふたりを見送ったあとで、米沢が右京に控えめな声で言った。

「あのう、ひとつ気になる事があるんですけども」

「なんでしょう？」

「これなんですけどもねえ」

そう言って米沢はある書類を出した。

それは亡くなった茂手木の携帯電話の履歴だった。それによると茂手木はここひと月ほどある番号と頻繁に連絡をとっていた。調べたところによると、それは都内の信用調査会社の番号だった。右京と享はその事実をもってヨッバ電機産業に湯沢を訪ねた。

「ヨッバ電機産業のような一流企業ともなれば、資金を援助する相手に対しても厳正な身体検査が必要でしょう。その担当をしていたのがコンプライアンス専門の茂手木さんだった」

右京にそこまで突っ込まれて、湯沢は正直に打ち明けた。

「実は私がボールルームダンスへの資金援助の計画を打ち出して以来、不審なメールが届くようになりまして……その真偽を確かめる意味も含めて茂手木には調査をさせていました」

五

警視庁の取調室では連行した須永を伊丹と芹沢が取り調べていた。

「被害者の傷とトロフィーの形状が一致しました」

芹沢からの報告を受けて、伊丹が詰め寄る。

「そのトロフィーから血痕とあんたの指紋が出た。この意味わかりますよねえ?」

するとと須永はあっさりと認めた。

「私がやりました」

続けて伊丹が問う。

「動機は？　やっぱりペアを解消させられたせいですか？」

「実はその件で茂手木さんとは何度も言い争いになって、あの日も……」

その取り調べの様子を隣の部屋でマジックミラー越しに見ていた享が右京に耳打ちした。

「須永さんはやっぱりペアの解消を納得してなかったんでしょうか？」

取調室から呼び出されたふたりは鑑識課に赴いた。米沢によると、現場と目されるパーティション裏の床から、ごく微量ながら血痕が検出されたとのことだった。そしてそこに置かれていたテーブルの下から、いくつかのビーズを貫いた、ダンスの装飾品の一部と思しきものが出てきた。それを持ってふたりは取調室に戻った。

「ちょっと、もう！　いい加減にして……」

抗議の声を上げる芹沢を遮って、享が言った。

「重要な証拠を届けにきただけです」

「何？」

怪訝な顔をする伊丹と須永の前に、右京はビニールの小袋に入ったビーズを差し出した。

「茂手木さんの殺害現場から見つかりました」さっと顔色を変えた須永を見て、右京が続けた。「やはり見覚えがありましたか」

「ちょっ、なんすか？　これ」

まったく話が見えない芹沢が指さすと、享が答えた。

「今宮礼夏が愛用していた髪飾りの一部です」

右京が須永に静かに言った。

「あなたは礼夏さんをかばっているのですね？　これ以上は礼夏さんのためにもなりませんよ」それでもだんまりを決め込む須永を、右京は一喝した。「須永さん！」

須永はひとつため息をつき、もう隠してはおけないと覚悟してか、ゆっくり話しはじめた。

それは、デモンストレーションの前にフロアを見に行ったときのことだった。須永は舞台袖の裏に茂手木が倒れているのを見つけた。後頭部には血糊がべっとり付いていた。駆け寄って肩を揺すってみたが、死んでいることは一目瞭然だった。そして茂手木の手には礼夏の髪飾りが握られていた。

「このままでは礼夏に疑いがかかる……そう思った瞬間、私は我を忘れて……とりあえず役員控室に死体を隠しました」

「つまり、茂手木文彦を殺したのは今宮礼夏って事か⁉」

伊丹が椅子から立ち上がり声を荒らげた。須永は必死な形相で礼夏をかばった。

「ですが、私は礼夏が犯人だなんて信じられません。礼夏には茂手木さんを殺す動機がない」

「それに関してはこのような情報があります。カイトくん」

右京の指示を受けて、享がひと組の書類を出した。

「礼夏さんたちが新たなペアを組むにあたって茂手木さんが信用調査会社にふたりの調査を依頼した報告書です」

右京が続ける。

「ここには十数年前、通信販売会社を経営していた今宮礼夏さんの父親が出資法違反で逮捕されたとあります」

それを一瞥して、須永が言った。

「それは……礼夏がまだ学生だった時だし、そもそも彼女にはなんの関係もないはずです」

「やはりペアを組んでいたあなたはご存じでしたか。もし茂手木さんがそれを知れば、新しいペアへの援助はご破算になってしまう。そう思ったあなたは礼夏さんをかばうためにとっさに遺体を隠そうとした。そういう事でしょうかねえ？」

右京の指摘に須永は返す言葉もなかった。

早速、礼夏を連行した伊丹と芹沢は、取調室で聴取を始めた。

「十七時十分に亡くなった茂手木さんと電話で話したというのは嘘ですね？」

「いいえ。私は確かに茂手木さんと話しました」

伊丹が追及するものの、礼夏は否定する一方だった。芹沢が声を荒らげる。

「あれ？　おかしいですね。だって、茂手木さんは十六時前には殺されてたんですよ！」

「しかも役員控室ではなく、ダンスフロアの舞台袖でね。何があったか洗いざらい話して頂けますよね？」

伊丹に詰め寄られても、礼夏は表情ひとつ変えるでもなく言った。

「話す事なんてありません」

その様子を取調室の隣室からマジックミラー越しに見ていた右京と亨は、特命係の小部屋に戻って、もう一度デモンストレーションの映像をパソコンの画面に流しながらおさらいをしてみた。

「今宮礼夏は須永肇が死体を役員控室に運んだ事をどうして知ったんでしょうね？」亨が首を傾げる。

「それも気になりますが、僕は電話の方が気になります」

「茂手木さんの携帯から十七時十分に今宮礼夏の携帯にかかったやつですか？」

右京は頷いた。

「仮に彼女がふたつの携帯電話を使ってひとりで自作自演したとしても、その目的がわかりません」

「確かにそのせいで嘘がバレちゃったんですもんね」

「僕にはその鍵がこの中にあるように思えてなりません」

右京はそう言ってパソコンの前に座った。

「この中って……ダンスの中ですか？」

「起こるべきでない事が起きた時、そこには必ず理由があります」

映像を凝視していた右京が、ある箇所でポーズボタンを押し、目を輝かせた。

「なるほど……」


「お連れしました」

ヨツバ電機ホールのボールルームに、伊丹と芹沢が礼夏を連れてきた。

「どうもありがとう」

あらかじめそこに須永を連れてきていた右京が頭を下げた。

「何を始めるつもりですか？」

礼夏が問い質した。右京がそれに答える。

「あの日、ここで何があったのかようやくわかりました。須永さん、あなたは取り調べの際にこう供述されました。

――とりあえず役員控室に死体を隠しました。

ですが、茂手木さんが仕事の最中に事務所荒らしに遭い、殺害されたように偽装した事には一切触れませんでした」

「それは、ただ言い忘れて……」

須永の言い訳を右京が遮った。

「無理もありません。われわれが遺体を発見した時、あなたは足を怪我して控室を出られず、役員室の中の様子を目にする事は出来なかったのですから」

享が話を引き取る。

「つまり、あの部屋の偽装工作はあなたじゃない」

――

右京はゆっくりと礼夏の前に立った。

「犯行後の偽装工作は、あなたがしたのですね？」

礼夏は無言で右京を見た。

「えっ？　殺害したのが今宮礼夏で、死体を動かしたのが須永肇で、さらに偽装工作したのが今宮礼夏？」

　さっぱりわからないという風に、芹沢が訊いた。

「警部殿、わかるようにご説明……」

　言いかけた伊丹を右京が制した。

「間もなくすべてがわかります」

「頼みますよ」

　右京が種を明かす。

「遺体が見つかった時、あなたはこう言いました」

　それは右京が茂手木の携帯の履歴を見たときだった。

　──十七時過ぎに茂手木さんから電話がありましたよね？

　──はい。デモンストレーションのあと、携帯に……。

「目的はただひとつ。デモンストレーションの直後まで茂手木さんが生きていたように見せかけるため。言い換えれば、デモンストレーションで怪我をした須永さんには犯行は不可能だと証明するため」

「だけど、どうして……」

　松葉杖を突きながら、須永が右京に詰め寄った。

「あなたが茂手木さんを殺害したと思ったからです。カイトくん！」

右京から声をかけられた享は、ボールルームの入口に行った。

「どうぞこちらへ」

そして芳川と遥子を招き入れた。右京が続ける。

「あの日、須永さんと礼夏さんに何が起きたのかを証明するために来て頂きました」

伊丹が顔を顰めて毒づいた。

「勝手な真似を……」

「おふたりには須永さんと礼夏さんが踊ったダンスを再現して頂こうと思っています。振り付けは覚えてらっしゃいますよね？」

「はい。ルーティンだけならなんとか」

突然のリクエストに、芳川は明るく答えた。

「うまく踊れるかしら？」

遥子は多少不安気に芳川を見た。

「ではお願いします。さあ、場所をあけましょう」

右京がふたりを促した。

六

『アメイジング・グレイス』の音楽こそなかったが、芳川と遥子は見事に須永と礼夏のダンスを再現した。しかし、それも途中までのことだった。ある場所に来て、遥子がまるで凍りついたようにステップを止めてしまったのだ。

「どうしたの？」

芳川が戸惑いの声をかけたところで、右京が手を打ってストップをかけた。

「はい、もう結構ですよ」そして遥子に言った。「遥子さん、あなた今、ダンスをおやめになってしまいましたね」

「いえ、その……」

遥子は言葉を詰まらせた。

「皆さん、どうぞこちらへ」脇に退いて見ていた皆を、右京が呼び寄せた。そして舞台袖を指した。そこにはトロフィーが転がっていた。「あなたが今ダンスをおやめになった理由はあれですね？　ええ、男性であれ女性であれこの場所に来ると、あそこに置かれたものが目に飛び込んでしまう」

「どういう事ですか？」

芳川が右京に問う。

「事件当日、須永さんにも、今の彼女と同じ事が起きたんですよ」

享がポケットから写真を出した。あの日のデモンストレーションの映像から起こしたスチールだった。

「もっとも須永さんが見たのはこっちですけどね」

そこには床に転がったノートパソコンが写っていた。右京が解説する。

「このフロアで殺害された茂手木さんを見つけた須永さんは、遺体とブリーフケースを役員室に運んだものの、ノートパソコンを忘れてしまった。ダンスの最中にその事に気づいた須永さんは動揺してしまい、本来転ぶような場所ではない所で転倒してしまった。礼夏さん、あなたは疑問を抱いたはずです。誰もが須永さんに注目する中、あなたは舞台袖へ向かい、茂手木さんのノートパソコンを見つけた。須永さんと茂手木さんに何かトラブルがあったのではないか、そう思ったあなたは茂手木さんを捜して役員室に向かい、茂手木さんのご遺体を見つけ、それが須永さんの犯行だと誤解した。そして偽装するためにパソコンを開いて机に置き、財布から紙幣を抜き取った。茂手木さんが十七時十分まで生きていたように見せかけるため、携帯電話のトリックを施した。これが事件の日に起きた事のすべてです」

それまでじっと黙って聞いていた伊丹が顰め面で反論した。

「警部、待ってくださいよ。被害者の遺体を最初に発見した須永が髪飾りを見て今宮礼夏の犯行だと知ってかばおうとしたのはまだしも、その今宮礼夏が須永をかばおうとするなんてどう考えてもおかしいでしょ！」

芹沢が加担した。

「そうっすよ。余計な事をすれば自分に疑いが向くんだから。殺人を犯した人間がする事とは思えません」

右京はそれが意外だというようにふたりを見回した。

「僕は礼夏さんが茂手木さんを殺害した犯人だとは、ひと言も言ってませんよ」

それを聞いた伊丹が拍子抜けしたようにガクリと肩を落とした。

「そもそも礼夏さんには動機がありません」亨が続ける。

「だって……被害者が彼女の父親の過去を調べてたって言ったのはそっちでしょ?」

クレームをつける芹沢に右京が素直に頭を下げた。

「申し訳ない。報告書に関してはその後、湯沢社長に確認を取りましたが、言ってませんでしたね」

「聞いてません」と芹沢。

「礼夏さんの父親の件はコンプライアンス的には問題ないという結論が出ているそうです」

亨のその言葉に、伊丹が抗議した。

「もう!　そういう事は言っといてくださいよ!」

「以後気をつけます」右京がしれっと謝った。

「報告書には信用調査を始めるきっかけとなったこの匿名のメールも添付されていまし

た」

亨がメールをプリントアウトしたものを伊丹と芹沢に見せた。芹沢が奪うようにそれをひったくって読み上げる。

「〝犯罪者の娘のスポンサーになって大丈夫ですか?〟なんすか? これ」

右京が説明を続ける。

「興味深いのは、この送り主はヨツバ電機産業が礼夏さんのスポンサーになる計画を事前に知る事が出来、なおかつ芳川圭一さんが礼夏さんとペアを組む事を妨害したい人物という事になります。その条件に当てはまるのは……」右京はゆっくり歩みを進めて遥子の前で止まった。「遥子さん、あなたしかいません」

思わぬ展開に先ほどから青くなっていた遥子は、頑なにかぶりを振った。

「そんなメール、私は知りません」

亨が追い討ちをかける。

「メールの送信元、すぐにわかりました。おふたりが所属しているダンススタジオにあったパソコンです」

「私じゃありません」

遥子ははねつけるように言った。右京が指摘する。

「ではあなたはなぜ、あのトロフィーを見ただけでダンスをやめてしまうほど動揺してしまったのでしょう？」

「いや、それは……」

「茂手木さんを殺害した凶器がトロフィーだったなんて捜査情報、さすがにおふたりには行ってませんよね」

盲点をつかれてうろたえる遥子を、芳川が疑いの目で見た。

「遥子、おまえ、まさか……」

「違う！」

あがき続ける遥子に、右京が静かに訊ねた。

「遥子さん、あなたは芳川さんが礼夏さんとペアを組む事が、本当は嫌だったんじゃありませんか？」

それはデモンストレーションの直前だった。礼夏の件が沙汰なしと知った遥子は、茂手木を見つけ舞台袖で詰め寄った。

――どういう事です？

――ですから、父親とはいえ刑事責任を果たされていますし、取締役会でも問題なしという結論になりました。

そう言い捨てて立ち去ろうとする茂手木の腕を、遥子がつかんだ。

――問題なしだなんて納得出来ません！

その異様な執念にほとほと呆れた茂手木は、遥子を突き飛ばして言った。

——問題があるとしたらあなたの方でしょう！　密告や脅迫まがいのメールを何通も送ってきた事を協会の方に報告させて頂きます。

「そんな事されたらダンスが続けられなくなる……そう思ったら頭の中が真っ白になって……こんな事になったのもすべて礼夏さんのせいだ、そう思って……」

手に触れたトロフィーを振り上げて茂手木の頭に打ち下ろした遥子は、怖くなって逃げようとしたが、礼夏の控室の前に来て考えが変わった。礼夏の髪飾りを奪い、舞台袖に戻って茂手木の手に握らせて、罪を礼夏になすりつけようと思ったのだ。

「殺す気なんかなかったんです。本当なんです……」

遥子はその場にくずおれた。

「さあ、詳しい話は警察で聞かせてもらおうか。立って。ほら！」

伊丹に引っ立てられた遥子は、泣きながら続けた。

「本当に殺す気なんかなかったんです！」

「わかったわかった。警察で聞くから、ほら！」

伊丹が引きずるように遥子を連れて行くと、芹沢が芳川に同行を求めた。四人が去ったところで、享が須永と礼夏に言った。

「おふたりにはまだ、お話を聞かなければなりません」

そのとき、礼夏が右京の前に進み出た。

「その前に刑事さん」

「はい？」

「刑事さんはひとつ間違ってたわ」

「おや、何か間違ってましたかね？」

右京がしれっとした顔で聞き返す。

「彼がした事に私が気づいたのはあのターンの時じゃなかったの」

「どういう事でしょう？」

礼夏は虚空を見つめながら言った。

「このフロアに立って彼と組んだ時……彼がとても傷ついて苦しんでいる。それがわかった。だから、そんな彼のために何かしてあげられる事はないか。それだけを考えてたら勝手に体が動いていたの」

「そ、そんな！」

絶句する須永を、礼夏はやんわりと見つめた。

「何年あなたと踊ってきたと思ってるの？」

須永はすがるように礼夏に訊ねた。

「どうしてだ？　偽装だけだとしたって罪に問われるんだぞ。ペアを解消する私なんかのためにどうして……」

礼夏は微笑んで答えた。

「曲が終わり、手と手が離れるまで、何があってもパートナーは、リーダーが導くままに一緒に進む。それがボールルームダンスでしょ？」

「礼夏……」

須永には返す言葉が見つからなかった。

「お願いします」

礼夏は享を振りかえった。

「行きましょう」

歩み去る礼夏と享を見送ったところで、須永が呟いた。

「私はリーダー失格です。礼夏の事を何もわかっていなかった……」

右京が言った。

「男が決めない限り、女は一歩も踏み出す事が出来ない……彼女、そう言ってましたねえ。ひょっとするとペアの解消が決まった時、礼夏さんはあなたに引き留めてもらいたかったんじゃありませんかねえ」

遠い目で礼夏の背中を追う須永を、右京が促した。

「行きましょうか」

第五話
「エントリーシート」

一

　それは警視庁特命係の警部、杉下右京が登庁する途次でのことだった。高層ビル街の高架橋を歩いているとき、黒いリクルートスーツを着て長い髪を後ろで束ねた女性と擦れ違いざまぶつかった。彼女はよほど急いでいたのだろう、振り向いて「すいません！」とペコリと頭を下げたなり、小走りで去って行こうとした。ふと見ると路上に財布が落ちている。右京はそれを拾い上げ、

「落としましたよー」

　と声をかけた。すると異様な光景に出くわした。ぶつかった彼女と同じ方向へ歩いていく一群の女性が一斉に振り向いたのだが、そのことごとくが同じリクルートスーツを着てやはり髪を後ろで束ね、黒いバッグを肩にかけており、まるで同じ人間のコピーがずらりと並んでいるように見えたのだ。その中から右京とぶつかった女性が駆け寄ってきた。

「それ、私のです。ありがとうございます」ひと言礼をいうと、「私、面接に遅れそうなんで、すいません」と踵を返してまた走って行った。その後ろ姿を微笑ましい気持ちで見送りながら、右京が呟いた。

「なぜ同じ服なのでしょう？」

特命係の小部屋に着いた右京は、たったひとりの部下である甲斐享にその疑問をぶつけてみた。

「なぜって就活にはリクルートスーツって決まってますからね」

「しかし、規則があるわけではない」

「あるわけではないですけど、なんですかね……暗黙の了解っていうんですか？　俺だって着てましたもん」

「おや、君も就職活動を？」

「まあ……とはいっても全部落ちちゃいましたけど」

「あっ、それで警察官になったわけですか？」

「んなわけないでしょう」

享は苦笑した。

「まあ冗談はともかく、そもそも就職活動というのは企業側に自分の個性をアピールするのが目的のはずですね。それなのになぜ皆さん個性のない格好をしているのでしょう？　もっと自由に自分を表現してもいいと思うのですがねえ」

「変に目立つ格好をしてマイナスになる可能性もあるわけだから、だったら無難にリクルートスーツって事になるんじゃないんすか？」

「うーん」

右京は享の答えにまだ納得が行かない様子だった。そこへ隣の組織犯罪対策五課の課長、角田六郎がいつもの調子で、「暇か？」と軽いノリで入ってくるなり、「早いね。さすがだね」と感心して言った。

「何がですか？」享が聞き返す。

「あれ？　事件の話じゃないの？　リクルートスーツなんて言ってるからさ。事件の話だと思って」

「それはどのような事件なのでしょう？」

右京が訊ねると、角田はサーバーからパンダ付きのマイカップにコーヒーを注ぎながら言った。

「昨夜公園でリクルートスーツの女子大生が死体で発見されたんだと。これからって時にな」

その事件に興味を覚えた右京は、享とともに鑑識課の米沢守のところへ赴き、事件のあらましを聞いた。それによると、被害者は北川奈月《きたがわなつき》、二十一歳。城南大学の四年生である。昨夜遅く汐見《しおみ》公園内の高台にある遊歩道の下で死亡しているのを、通りがかったカップルによって発見された。死因は脳挫傷。死亡推定時刻は昨日の十八時から二十時の間ということである。突き落とされたか自ら飛び降りたかはまだ定かでなく、捜査一課は事件あるいは自殺の可能性もあると見て捜査を進めている。被害者は就職活動の真っ最中だったらしく、所持品のなかの手帳のメモによれば、昨日は十六時三十分から四菱商事で面接を受けていた。すなわち公園の高台にある遊歩道から転落したのは面接のすぐあとということになる。ただ被害者の行動がわかっているのはそこまでで、マンションの管理人によると、被害者は昨日午前十時前に出かけたが、それから面接の時間までの行動は不詳だった。

米沢から説明を受けながら、右京と享はテーブルの上に並べられた被害者の所持品を検《あらた》めていた。

「おや、被害者のスーツですが、これ、しつけ糸が付いたままになってますね」

右京がまた細かいところに目をつけた。確かに上着の後ろ身頃のベントには白いしつけ糸が×印に縫い付けられている。米沢がプリントアウトされたリストを示して言った。

「それからもうひとつ。被害者の携帯に非通知の着信がかなり頻繁にあったようですね」

「これってまさかストーカーですかね？　気になりますね」

非通知だらけの着信履歴を見て享が言った。

「気になりますねえ」

右京が繰り返した。

右京と享は被害者、北川奈月のマンションに行ってみた。マンションの管理人は面倒見のよさそうな年配の女性で、

「あんないい子が死んじゃうなんてねえ」

と声を詰まらせながらふたりを部屋に案内した。奈月はきれい好きらしく、部屋はこざっぱりと整理整頓が行き届いていた。机脇の本棚には会社四季報やら入社試験向けの参考書やらが並び、カレンダーには就活のスケジュールがびっしりと書き込まれていて、いかにも就活生の部屋という感じだった。

「杉下さん。これ、親友ですかね？」

享が机まわりから見つけたミニアルバムをめくりながら言った。そこには同年代の女の子とふたりでVサインをしながら撮った写真があった。そして次をめくると、やはり同年代の男と寄り添って撮ったツーショットの写真があった。

「彼氏みたいですね」享が言った。

「みたいですねえ」右京が覗き込んだ。

右京は部屋に入ったときからあるものを探しているようで、クローゼットを検めながら、

「ありませんねえ」

と呟いた。

「ええ、今のところこっちもストーカーに繋がるようなものは……」

亨が応ずると、右京はかぶりを振りながら言った。

「いえ、そうではなくスーツです」

「え？　スーツ？」亨が聞き返す。

「手帳を見る限り、彼女が就職活動を始めたのは半年ほど前。だとすると、新しく買い替える前に着ていたスーツがどこかにあってしかるべきだと思うんですがね」

亨が挙手して意見を述べた。

「普通、就職活動の時に買うスーツって一着だけですよ。だから半年間同じスーツを着てたんじゃないですか？」

「しつけ糸を付けたままですか？　半年間？　同じスーツ、着ますかねえ」

それもまた正論だった。

「しつけ糸？　どこに？」

その話を聞いていた管理人が怪訝そうに眉根を寄せた。

右京は亨の上着の背のベントを指した。すると管理人は首を横に振って言った。

「奈月ちゃんのスーツにしつけ糸なんか付いてなかったわよ。確かよ。だって昨日の朝……」

管理人は激励の言葉をかけて見送った奈月の後ろ姿をしっかりと頭に思い描いて断言した。

「絶対にしつけ糸なんか付いてませんでした」

享が右京に耳打ちした。

「どういう事ですかね」

「出かけた後、彼女はスーツを着替えた事になりますねえ」

右京が言った。

二

写真に写っていた友人、高林真理《たかばやしまり》は、城南大学の構内で捜査一課の伊丹憲一、芹沢慶二から事情を聞かれていた。真理もまた就活の最中なのだろう、黒いリクルートスーツで身を固めている。真理は言った。

「確かに奈月とは一年の時から同じクラスだったんで、仲はよかったんです。でも最近はあまり会っていなかったので……」

「なぜ会っていなかったんですか?」伊丹が訊ねる。

「お互い就活忙しくて。私は金融、奈月は商社志望だったし」

窓越しに右京と享の姿が見えた。

「やっぱ現れたよ……」伊丹が毒づいた。

建物の内部に入ってきたふたりに、芹沢が苦情を述べる。

「いま聞き込みの最中なんだけどな」

「先輩方の聞き込みを、ぜひ見学したいなと思いまして」

享もうまくなったものだ。

「そうなの？」

「んなわけねえだろ！」

乗せられそうになる芹沢を一喝した伊丹は、ため息をひとつ吐《つ》いてまた事情聴取に戻った。

「ところでこの方、ご存じですか？　紀平浩一《きひらこういち》さんと言います」

伊丹が示した写真を見て、真理は即答した。

「奈月の元彼です」

「元彼……っていう事は別れちゃった」

芹沢の言葉に真理は頷いた。

「一か月ぐらい前に別れたって聞きました。理由まではわからないけど」

「別れた彼氏か……行くぞ」

伊丹が芹沢を促す。

「ご協力ありがとうございました」

芹沢が真理に礼を述べる。踵を返す間際、伊丹が右京と亨にいつものことながら釘を刺した。

「特命係はついて来ないでくださいよ」

ふたりを見送ると、右京と亨は真理の真正面に立った。

「すみませんねえ、入れ代わり立ち代わり」右京が頭を下げて早速訊ねた。「奈月さんなんですが、昨日スーツを新しく買い替えていたようなんですが、何か心当たりはありませんか？」

「買い替えた？　さあ……奈月と私は就活を始める時に同じスーツを買ったんですけど……あっ、これです」

と言って自分の着ているスーツを指した。

「まだ着れそうですよね」

亨がスーツを一瞥したとき、テーブルに置いた真理の携帯が着信音を鳴らした。ふと右京が目を遣ると、窓には〝非通知〟の表示が出ていた。真理がひと言断って電話に出る。

「はい、高林です。はい、えっ……ああ、そうですか。わざわざありがとうございます。

はい、失礼します」

最初は元気よく電話に出た真理だったが、次第にしおれて電話を切った。真理は右京と享に言った。

「あの、もういいですか？　私、まだ内定ひとつももらえてないのでやらなきゃいけない事が山ほどあるんです」

そんな真理を右京が引き止める。

「ひとつだけ、申し訳ない。今、携帯の表示が目の端に入ってしまったのですが、非通知でした。それなのになぜ相手がわかったのでしょう？」

「面接の合否や企業からの電話は大抵非通知でかかってくるんです。多分学生がかけ直せないようにだと思うんですけど。だから就活生にとって非通知の電話というのは何よりも大事なんです」

納得した右京が礼を述べる。

「そうですか。お忙しいところどうもありがとう」

これで奈月の着信履歴にあった非通知の相手がわかった。それにしても頻度が多すぎる気もするが……ふたりは真理を見送った。

——

城南大学を出てすぐにバイト先の喫茶店に紀平浩一を訪ねた伊丹と芹沢は、後を追うようにやってきてしれっとした顔でコーヒーを飲んでいる右京と享を見て顔を顰めた。

「結局、来てんじゃねえかよ」伊丹が毒づく。

「気にしないでいきましょう」芹沢が質問を続ける。「それでね、北川奈月さんの事なんですけれど一か月前に別れたとか。原因っていうのは、なんだったんだろう？」

浩一はエプロン姿のまま答えた。それによると、浩一はバイトをしながら好きな芝居を続けているのだが、三年になってからは就活で忙しくしている奈月と擦れ違いが多くなってきていたという。新しい芝居の話を振っても以前は付き合ってくれていたのに、最近はまったく興味がないようにそっけない素振りだった。

「あいつ、四菱商事みたいな一流企業に入る事しか考えてないみたいで、正直ついていけなくなったんですよね」

浩一は腕組みをしながら言った。伊丹が続ける。

「なるほど。ところであなた、昨日の夜、どこで何をしてましたか？」

昨夜はずっと部屋でせりふを覚えていた、と浩一は答えた。証明できる人はいるか、と重ねて訊ねられたが、せりふを覚える時は大抵ひとりだからと首を振った。続いて伊丹が被害者の携帯に非通知の着信が続けてあったことに心当たりはないかと問うと、浩一は怪訝な顔で声を上げた。

「まさか僕を疑ってるんですか？　いや、僕じゃありません。別れてから一度も奈月とは会ってないんですから」

「ちょっと失礼」

そこで割って入ってきた右京に、芹沢が嫌みを言う。

「我慢出来なくなっちゃった？」

それを無視して右京が浩一に訊ねた。

「先ほど奈月さんは四菱商事のような一流企業にしか興味がなかったとおっしゃいました」

「警部殿、いきなり話に入ってこないでもらえますか？」

伊丹がいつもながらのクレームをつけると、右京は、

「ああ、これは失礼」

と黙ってしまった。そこで黙られても本音はその先が聞きたい伊丹が、じれったそうに言った。

「警部殿、その話だけは終わらせてもらっていいですか？」

「そうですか？」右京が続ける。「しかし、奈月さんは一流企業に限らず他にも色々と受けてらっしゃったようですが」

「ええ。滑り止めを兼ねて面接の練習の場にしてたんですよ。もっといい会社に入るためのね」

浩一は苦々しい顔で言った。

「つまり、あくまでも第一志望は四菱商事だった……でも何で？」

浩一は享の疑問を鼻で笑った。

「なんでって、超一流企業だからですよ。奈月は少しでもいい会社に入りたかったんです。大学生なんてみんなそうでしょう？」

三

右京と享はその四菱商事を訪ね、奈月の面接を担当した人事部の真田義男《さなだよしお》とその部下の後藤和人《ごとうかずと》に会った。そのことなら別の刑事に話したのだが……としぶりながらも、ふたりは質問に答えてくれた。

「これがその時提出してもらったESです」

後藤が右京と享の前に一枚の書類を出した。〝ES〟とは〝エントリーシート〟の略、すなわち履歴書のようなものだと後藤は説明した。

「面接の時に彼女に何か変わった事はありませんでしたか？」

享の問いに、真田が答えた。

「いいえ、何も。ハキハキしていて受け答えもしっかりしていたので好印象でしたよ。うちとしては次に進んでもらおうと考えておりました。そういえば、もうすでにいくつか内定もらってるって言ってたな?」

話を振られた後藤は頷いた。

「ええ。優秀な学生はどこの企業もほしいですから」

「そうですか。ところで就職面接というのはどのような事を聞き、何が合否の判断材料になるのでしょう?」

「は?」

あまりに初歩的な質問に怪訝な顔をする真田に右京が付言した。

「そのような経験に乏しいもので参考までに。お話出来る範囲で結構ですので」

真田が渋々答える。

「まあ、志望動機を聞いたり、大学で専攻している学科について聞いたりもしますが、最終的には学生時代に何をし、その経験から何を得たかが一番重要になってきますね」

右京が重ねて訊ねる。

「たとえば皆さん、どのような活動をアピールするのでしょう?」

「いろいろですよ。留学経験とかサークル活動とか。後藤、君の場合は井戸掘りだったよな」

入社してまだそう年を重ねていない様子の後藤が、思い出し笑いをしながら答えた。

「ボランティアです。東南アジアで」

「それはそれは」右京が重ねて訊ねた。「では北川奈月さんの場合は？」

奈月は国際学生フォーラムの立ち上げの話をしていたとのことだった。学生も必死だから、どこまで本当かわからない。しかし、彼女の話はなかなか臨場感にあふれて興味深かったと真田が評価した。そこで最後に右京が、例のスーツのしつけ糸のことを訊ねた。ふたりは思わぬ質問に首を傾げて考えていたが、やはり覚えがないとの答えだった。

会社を出たところで享が振り返り、ビルを仰ぎ見て嘆息した。

「しかし、すごいビルですね。学生の就職人気ランキング一位みたいですよ、ここ。奈月さんもここを第一志望にしていて、その面接の帰りに命を落とした。何か関係あるんでしょうか？」

「気になりますねえ」

「ええ」

「彼女はいつスーツを着替えたのでしょう？」

「えっ、そこっすか？」

享は右京の細部への執着に呆れ果てた。

そこに向こうから伊丹と芹沢がやってきた。

「また出た！」芹沢が叫ぶ。

「なんでどこ行っても特命係がいるんだよ」伊丹が言い捨てる。

「え? 何かあったんですか?」

「ここの監視カメラに被害者が他の学生と言い争ってる様子が映ってたって……」

亨に訊かれて思わず口を滑らせた芹沢を、伊丹が制する。

「おーい、説明しちゃダメでしょ。行くぞ」

ビルに入っていくふたりの後ろ姿を見ながら、亨が言った。

「監視カメラ見たいですね」

「ついてくるなとも言いませんでしたしね」

右京と亨は顔を見合わせ、ビルに戻っていった。

セキュリティールームで見た監視カメラの映像には、奈月と同じリクルートスーツを着た女性が何かを激しくまくし立てた後、奈月の頬を平手で張る場面がしっかりと収まっていた。

「めちゃくちゃ揉めてんじゃねえかよ」伊丹が言った。

「あっ、この女……」

カメラが女性の顔をはっきりと捉えたところで、芹沢が絶句した。それは真理だった。

「失礼、ちょっと戻して頂けますか?」

煙たい顔をする伊丹と芹沢を他所《よそ》に、右京がオペレーターに巻き戻しを頼んだ。

「あっ、そこ。カイトくん、これ」

「付いてますね、あれ」

立ち去ろうとする奈月の背中をクローズアップした画像に、しっかりと上着のベントのしつけ糸が映っていた。

伊丹と芹沢、それに右京と享も同行して城南大学に再び真理を訪ねた。真理はロビーのテーブルでエントリーシートを書いているところだった。四人の刑事の顔を怪訝な顔で見上げる真理に、伊丹が言った。

「あなたは昨日、四菱商事のビルで北川奈月さんと激しく口論してましたね？」

「原因はなんですか？」

芹沢にその静止画像のプリントを示されて、真理は本当のことを告白した。

「それは……奈月はもういくつも内定もらってるんです。それなのに、私が行きたかった東山証券を行く気もないのに受けてまた内定もらって……」

「行く気はないと彼女が言ったんですか？」芹沢が重ねる。

「奈月が東山証券の内定断りに行ったたって友達から聞いて、私カッとなって……」

――奈月のせいで私が落とされたかもしれないんだよ？　入る気がないなら最初から受けないでよ！

声を荒らげて抗議する真理に、奈月は冷たく言い放った。

――じゃあはっきり言うけど、真理が内定もらえないのはこの三年間何もしてこなかったからじゃないの?

「なぜ最初から今の話をしなかったんですか?」

伊丹に問い詰められて、真理は泣き声で言った。

「私と別れてすぐに殺されたって聞いて疑われると思ったんです」

「まあいいでしょう。そこら辺のところ、警察で詳しくお話聞かせてください」

伊丹が真理を連れて行こうとするところを、右京が引き止めた。

「あっ、その前にひとつだけ。奈月さんが東山証券の内定を辞退しに行ったのは、いつの事でしょう?」

真理が答えた。

「四菱商事の面接の直前だったはずです」

警視庁に戻った右京と享は、奈月が企業に提出したエントリーシートの控えを米沢から借りてきた。それらを並べてみると、それぞれで違った点をアピールしていた。あるものは語学留学を、あるものは学園祭で実行委員をしたことを、そしてあるものは企業のインターンについて、またはアルバイトについてと多岐にわたっていた。それを見るうちに、

――真理が内定もらえないのはこの三年間何もしてこなかったからじゃないの？

口論の際、奈月がそう言って真理をなじったのは、こういうことだったのか、とふたりは納得した。

四

右京と享は、奈月が四菱商事の面接の直前に内定を辞退したという東山証券を訪れた。彼女を担当したという人事課の社員、岩井旬《いわいしゅん》はそのことをよく覚えていた。

「とても優秀な学生さんだったんで、こちらとしては残念だったんですけど。こればっかりは仕方ないですからね。了承しましたよ。それが何か？」

「その時、彼女に何か変わった様子はありませんでしたか？」

享が訊ねた。

「いいえ。他にもいくつか内定をもらったと言って、とても明るい感じでしたけどね」

次に右京が、例のスーツの件を持ち出した。

「その時なんですがね、彼女が着ていたスーツの上着にしつけ糸は付いていませんでしたか？」

意外な質問に面食らいながらも、岩井はそこまでは見ていない、と笑いながら首を振った。

東山証券の社屋を出たところで、享はある違和感を口にした。

「内定を断りに来たのに明るい感じだった。ちょっと気になりますね」

「気になるというと？」

「いや、普通は申し訳ないっていう気持ちになると思うんですけど……」

と言いつつふと右京を振り返ると、ずんずんと別の方向に歩いて行く。立ち止まったところは、フォーマルウェアを扱う洋服店だった。

「ええ、この方なら覚えてます」

享が奈月の写真を出して訊ねると、店員は即座に答えた。

「すげえ。ビンゴ」

驚く享の脇から、右京がそのときの様子を重ねて訊ねた。それによると、奈月はそのとき大変急いでいる様子で、新しいスーツを試着するなり、それを着て帰りたいと申し出た。そしてそれまで着ていたスーツは紙袋に入れて持ち帰ったとのことだった。

右京と享はその足で四菱商事の最寄り駅に行ってみた。のちにすぐ面接を控えていたとすれば、脱いだスーツを入れた紙袋はその駅のコインロッカーに入れた可能性が大と見たからだった。

けれども所持品にコインロッカーの鍵などなかった。それもそのはずで、駅のロッカーは電子キーを使う最新式のものだったのだ。

右京は早速、携帯で米沢を呼び寄せた。間もなくその最寄り駅にやってきた米沢は、右京と享の顔を見るなり新たな検視の結果を披露した。それによると奈月の爪から衣服の繊維が検出されたということだった。おそらく犯人と争った際に付着したものだろう……と言いながら、米沢は提げてきたジュラルミンケースの中から奈月のスマートフォンを取りだした。そこにはコインロッカーの電子キーとして、同時に精算もできるという機能がついていた。それを使って早速解錠してみると、案の定、ロッカーの中から紙袋に入ったスーツが出てきた。袋から出して確認してみると、上着の前身頃に大きなシミが付いていた。

「なんすかね？　このシミ」

享が臭いを嗅いでみる。

「あれ？　コーヒー？」

米沢もまた鼻を近づけてみた。どうやらそれはコーヒーのシミのようだった。

「あっ、これってもしかして……」

享が何かひらめいたようだった。

ふたりは再び東山証券を訪れた。あからさまに迷惑そうな顔をした岩井に、享が訊ねた。

「奈月さんがここに来た時、何かアクシデントのような事はありませんでしたか？」

「いいえ。なんにもなかったですけどね」

享が首を傾げた。

「んー、それは変ですね。彼女、ここを出たあと新しいスーツを買ってわざわざ着替えてるんです。これ、着替える前のスーツなんですが、ここにコーヒーのしみがついてるんです」

享が紙袋からスーツの上着を出して岩井に突きつけると、彼はそれから顔を背けるようにして言った。

「知りませんよ。ここ出たあとコーヒーショップかどこかに入って、そこでこぼしたんじゃないんでしょうかね」

「でもこんなこぼし方しますかね？　これはおそらく誰かにかけられたんじゃないかと思うんですが……」

享が追及すると、とうとう岩井は馬脚をあらわし、急に興奮した様子で立ち上がった。

「入る気ないならね、最初から受けるなっていうんですよ！」

岩井は内定を辞退しに来た奈月を激しい口調で非難した。

――君さ、面接の時にさ、確かうちが第一志望だと言ったよね？　あれ、嘘だったわけ？　つまりさ、うちは滑り止めだったというわけか。

——すみません！

平身低頭して謝る奈月を、岩井はさらになじった。

——すみませんじゃねえよ！　こっちはおまえひとり採るためにどれだけの時間と費用がかかってるのか、わかってるのか！

怒鳴っただけでは怒りが収まらなかった岩井は目の前にあった紙コップのコーヒーを、奈月めがけてぶっかけたのだった。

「上はね、優秀な学生必ず採れって圧力かけてくるんです。その中でようやく採れた学生だったんですよ。それなのに最初から入る気ないなんて、誰だって頭にくるでしょう！」

自分の卑劣な行為を正当化しようとする岩井を、右京が叱りつけた。

「どんな事情があろうとコーヒーをかけていい理由にはなりませんよ！　これは立派な暴行罪ですよ」

東山証券を出たところで、右京が感心して享に訊ねた。

「君、内定をもらった経験もないのに、よくコーヒーをかけられたとわかりましたねえ」

そこで享は正直に答えた。

「俺、実は内定もらって、断った事あったんです」

「おや、そうでしたか」

「その時はすんごい嫌な顔されて、それこそコーヒーぶっかけられそうな剣幕だったんで」

「なるほど……ところでスーツが出てきたおかげでもうひとつ、彼女の足取りがわかりました。ポケットにこんなものが入ってました」

右京の手の中には小さなお守りが入っていた。そこには〝ミナガワ就職面接塾〟という文字が刷りこまれていた。

五

その就職塾は皆川克利《みながわかつとし》というカリスマ講師が経営しているスパルタ式の塾だった。塾を訪れた右京と享はガラス越しにその講義の様子を覗いてみた。一様にリクルートスーツを着た学生たちを相手に、皆川は熱弁をふるっていた。

「皆さんが就活で必ずやる事。インターン説明会、OB訪問……こんな事をいくらやったって意味なんかない！ いいですか、就活において身につけなければならないスキルは三つだけ。テスト、エントリーシート、そして面接」そこで皆川は片手の指を三本立て、三本目の指をさした。「特にここ！ 面接！ それを身につければ必ず就活には勝てます！ 勝たせてみせます！ 一緒に頑張ろう！ 必覇《ひっぱ》！」

皆川が三本指を立てた手を高く掲げると、学生もそれを真似て手を上げ、大きな声で復唱した。

「必覇！」

それを見ていた享が呆れ顔で言った。

「なんか、すごいっすね……」

そこにひとりの女子学生がやってきて、受付のカウンター越しに職員に声をかけた。

「すいません。お守りもらいに来たんですけど……」

右京が振り返ると、見覚えのある顔である。

「おや、あの時の……」

女子学生も気がついたようだった。昨日の朝、高架橋の上で財布を落とした女子学生だったのだ。

「その節はありがとうございました」

「えっ、知り合いですか？」

享が意外な顔をする。

「ええ、ちょっと……」頷いた右京は女子学生に「お守りですか？」と訊ねた。

「はい、今日大事な面接があるのでお守りをもらいに」

「お守りって、これ？」

亨がポケットから奈月のお守りを出して訊ねると、女子学生は頷いた。亨が重ねて訊ねる。

「実際こういうとこって役に立つんですか？」

するど女子学生は力説するように答えた。

「そりゃあもう！　エントリーシートの書き方から面接のトレーニングまで、内定を取るためのテクニックを徹底的に教えてもらえるんです」

「テクニック？　そこまで言っちゃうんだ」

亨は呆れ気味に言った。女子学生が続けた。

「小さい頃から塾に通って、いい中学、いい高校に入るのはいい大学に入るため。いい大学に入るのはいい会社に入るため。つまり、就活は私たちにとってそれまでの人生の集大成なんです」

女子学生は講義を終えた皆川から〝必覇〟と手書きしたお守りを貰い、意気揚々と出ていった。

「すいません、お待たせしてしまって」

皆川はそこで初めて右京と亨に向き合った。奈月の名前を出すと、皆川はよく覚えていた。最後に会ったのは一昨日の午前中、第一志望の四菱商事の面接を受けるのでアドバイスが欲しいと、多少ナーバスに訊ねてきたという。

「その時、彼女にはどのようなアドバイスをなさったのでしょう？」

右京が質問すると、皆川が答えた。

「四菱商事にはボランティアの話がいいと勧めました」

皆川によると、あまり知られてはいないが四菱商事の社長はボランティアに積極的とのことだった。妻と娘がボランティアに熱心でその影響らしい。実際に以前、とても四菱商事には入れないレベルの学生が、ボランティアの話をして見事内定を勝ち取った例がある。そこで奈月にボランティアの経験があるか、と訊ねたら、大学一年のときに海外ボランティアに参加したことがあるという。

――だったらそれがいい。うん、それでいこう。あとはここでの特訓の成果が出せれば、内定は間違いない！

皆川は強くそれを勧めたが、心なしか奈月は浮かない顔をしていた。皆川がその理由を訊ねると、奈月はこう言った。

――なんか、よくわかんなくなってきたんです。本当にこれでいいのかどうか……。

皆川からその話を聞いた右京と享は首を傾げた。奈月が海外ボランティアに参加していたことなど、どのエントリーシートにも書いてなかったし、実際、四菱商事の面接でもそんな話は一切せずに、国際学生フォーラムの立ち上げの話をしていたのだ。なぜ、有利だと言われたボランティアの話をしなかったのか？　ふたりはその謎を解くために、奈月の実家を訪ねた。

まさに悲しみの渦中にある北川家を訪れると、ハンカチで目頭を押さえながら奈月の姉の絵里子《えりこ》が応対した。早速、ボランティアのことを訊ねると、確かに奈月は大学一年の夏休みにカンボジアに一か月ほどボランティアに行っていたという。

「帰国した奈月さんに何か変わった事はありませんでしたか？」

享が訊ねると、絵里子は涙を堪えながら答えた。

「いいえ。とてもいい経験が出来たって、日焼けした顔で色々話してくれましたけど……」

ふたりは奈月の部屋を見せてもらうことにした。右京は机の前の状差しに注目した。そこには同じアドレスからのエアメールが何通かあった。

「奈月さんは海外に文通相手がいたようですねえ。日付からすると、高校生の頃でしょうか」

右京は封筒から便箋を取りだして眺めた。一方享は、アルバムの一冊にボランティアのときに撮影したと思しき写真を見つけて声を上げた。

「あっ！」

享が指さす先を見ると、そこには元彼の紀平浩一が写っていた。

「カイトくん」

同じ写真を見て、右京が囁いた。

「よく見てください」

そこには思いもかけぬ人物が写っていたのだった。

ちょうどそのころ、捜査一課は奈月の携帯に何度もかかってきていた非通知の電話が、受験した会社からではなく紀平浩一からのものだったとの情報を得て、バイト先の喫茶店を訪れていた。

「あいつが俺をバカにしたから……」

別れた後の腹いせに電話をしたのかと伊丹に指摘された浩一は、しぶしぶそれを認めた。

──おまえさ、いくらなんでも必死すぎんじゃないの？　就活就活ってバカみたいに。

思わず口を滑らせた浩一を、グッと睨んで奈月が言った。

──バカって何？　一生を決めるんだから必死になって当然でしょ。最初からスタートラインにも立ってない浩一にそんな事言われたくない。ごめん。私たち……もう無理だと思う。

それが別れの言葉になってしまった。

「なんだか頭にきて……」

そう告白する浩一に、伊丹が迫った。

「で、よりを戻そうと迫って拒否されたんで殺したのか?」

浩一は激しく否定した。

「殺してなんていない！　本当です！」

そのとき、背後から聞き覚えのある声がした。

「彼は犯人ではありません。われわれが保証します」

伊丹と芹沢が振り向くと、右京と享が立っていた。

「特命が保証⁉」芹沢が素っ頓狂な声を上げる。

頷いた右京が浩一に向かって人さし指を立てた。

「ひとつお聞きしたいのですが」

享がカンボジアでのボランティアのときの写真を示して浩一に訊いた。

「ここに写ってるのあなたですよね?」

「ええ。こういう経験も役者としてはプラスになると思って参加したんです。そこで奈月と知り合いました」

右京が頷いた。

「そうですか。では……この人の事について教えて頂きたいのですが」

右京が指さした人物を見て、捜査一課のふたりはうろたえた。

六

その人物、後藤和人を右京と享は四菱商事に訪ねた。後藤はふたりを無人の会議室に通した。

「で、お話ってなんでしょう?」

早速、右京が切り出す。

「こちらの会社では、面接の際にボランティアの話をすると有利になると聞いたのですが、それは本当でしょうか? なんでも社長とそのご家族がボランティアに関心があるとか」

後藤は快活に答えた。

「それは話の内容にもよると思いますが、多少は有利に働くかもしれませんね。社長の意向は当然、人事にも反映されますから」

右京は膝を打った。

「あー、やはりそうでしたか。あなたも三年前の就職面接の際に、この前おっしゃっていた井戸掘りのボランティアの話をされたそうですね」

「ええ、実は僕もその噂を聞いて利用させてもらった口なんです。でも誰からそれを？」

「上司の真田さんです」答えた右京は後藤を讃えるように続けた。「悪条件の中、数々のアクシデントに見舞われながらも知恵と勇気と努力でその困難を乗り越え、村の人々のために井戸を完成させた……素晴らしい経験談というのは人の心を打ちますねえ、ええ、打ちます」

大袈裟に感動を露わにする右京に、後藤は少し照れ臭そうに応えた。

「まあ、あの話で入社出来たんだとしたら本当によかったですよ」

享が重ねた。

「それだけじゃないんじゃないですか？」

「え？」

「あなたの噂は社長の耳にも届いていて、ボランティアに熱心な社長のお嬢さんに興味を持たれ、交際するようになった。近々結婚するんじゃないかと噂になっているそうですね。おめでとうございます」

そこまで知っていたのか、と後藤は苦笑した。

「参ったな。まだ具体的には何も……」

享が続ける。

「ところで、亡くなった奈月さんの事なんですが、彼女も海外ボランティアの経験があったそうなんです。しかも、面接でその話をした方が有利になると知っていながら彼女はボランティアの話をしなかった。なぜだと思います？」

後藤の顔から笑みが消えた。

「さあ、私には……」

そこで享はあの写真を出した。

「これ、その時の写真なんですが……これ、あなたですよね？　でもこの写真、ちょっと変なんですよ。見てのとおりボランティアの一員は皆同じバンダナをしてるんですが、あなただけはしていない」確かに、後藤以外は皆空色のバンダナをしていた。「不思議に思ってこのボランティアに参加した人に聞いてみたんです。そしたらこう言っていました。あなたはボランティアの一員ではなかった。たまたまパック旅行でカンボジアに来ていただけだったと。井戸掘りの話を聞きたがったのでみんなで話して聞かせたんだって」

次第に蒼ざめていく後藤に、右京が畳みかけた。

「つまり、あなたは他人の体験談をあたかも自らの体験談のように就職面接の際に話し、見事就職を果たした。ところがあろう事か、そのグループのひとり、北川奈月さんが四菱商事の面接を受けにあなたの前に現れた」

けれども奈月はボランティアの話は一切しなかった。その代わりに国際学生フォーラムの立ち上げの話をした。右京が続ける。

「あなたにとっては招かれざる客です。なぜなら、二次面接、三次面接と進めばいつかボランティアの話をするかもしれない。入社を果たせば、いつかあなたの嘘がばれるかもしれない。嘘がばれたら、あなたは会社にいられなくなってしまう」

無言の後藤を、享がさらに追いつめる。

「何よりあなたはボランティアが縁で親しくなった社長のお嬢さんに失望されるのを恐れたんじゃないですか？　だから、あなたは絶対に奈月さんには入社してほしくなかった」

そこで後藤が冷たい口調で訊ねた。

「だから、私が彼女を殺したっていうんですか？　証拠でもあるんですか？」

虚ろな目をした後藤に、右京が最後通牒を渡す。

「奈月さんの爪にはある衣服の繊維が付着していました。事件当日、あなたが着ていた衣服の繊維と照合すれば真実は簡単にわかるんですよ」

そのとき、後藤の背後に伊丹と芹沢が現れた。

「非常に興味深い話ですね」

ドスの利いた伊丹の声に、後藤は振り返った。

「詳しくお話伺えますか？」

芹沢に促された後藤はスーツの内ポケットからタバコの箱を取り出して一本くわえ、ライターで火をつけようとしたが、なかなかつかない。苛立った後藤は癇癪《かんしゃく》を起こしたようにタバコとライターを床に叩きつけ、震える声で呟いた。

「僕はただ……就職をやめてくれって頼んだだけなんだ」

面接の後、奈月の後をつけた後藤は、汐見公園の高台にある遊歩道の上で声をかけた。

――あのう、北川さん。ちょっと折り入って話があるんだけど……。

――なんですか？

――こんな事言うのもなんなんだけどさ、君はうちには向かないと思う。よそへ行った方が活躍出来る。力になるからうちへの就職は諦めてくれないかな。

――なんなんですか？　いきなり。

――わかってんだよね？　本当は俺の事。誰だかわかってんだよね？

狼狽する後藤に、奈月はぼそりと言った。

――こんな偶然ってあるんですね。

後藤は必死に懇願した。

――君にさ、面接であの時のボランティアの話をされたら困るんだよ。頼む！　諦めてくれ！

奈月は土下座する後藤を、見下したように言った。

――言わないですよ。私、最初からあのボランティアの話をするつもりはないんです。でも、私絶対に四菱商事を諦めませんから。失礼します。

後藤は頭が真っ白になり、ふらふらした足どりで歩きながら、まるで呪文のように自分に言い聞かせた。

――僕はレイコと結婚して四菱商事の次期社長になるわけでしょ。四菱商事とともに世界に羽ばたくんだよ。そうなると彼女は邪魔になる。彼女は僕の邪魔になる……。

そうして奈月に後ろから襲いかかり、抵抗する彼女を抱きかかえて手すりから……。

「レイコと結婚するはずだったのに……あいつがいる限りこの先ずっとビクビクして生きていかなきゃならない」呟いた後藤は、そこで怒鳴り散らした。「なんなんだよ、あいつは！」

それまで黙って聞いていた享が、いきなり後藤の胸倉を摑んだ。

「あんた……そんな事で人殺したのかよ！　人の命なんだと思ってんだよ！　オラッ！」

「カイト！」

後藤を突き飛ばし、さらに襲いかかろうとする享を、伊丹と芹沢が羽交い締めにした。

「あいつさえこの会社を受けに来なかったら……こんな事には……」

蹲《うずくま》って床を拳で叩き、腸《はらわた》から絞り出すような声で訴える後藤に、右京が冷たく言い放った。

「たとえ嘘がばれなかったとしても、あなたは決して幸せになれなかったと思いますよ。偽りで始まったものは、その後もずっと偽りの人生でしかないのですから」

それを聞いて醜く嗚咽《おえつ》する後藤を、伊丹と芹沢が引っ立てて行った。


特命係の小部屋に戻ったところで、享は右京に語りかけた。

「でも、まだひとつ謎が残ってますよね。なぜ奈月さんは四菱商事にボランティアの話をしなかったのか。するつもりはないって言ってましたけど」

ティーカップを持ちながら右京が言った。

「彼女の部屋にあった海外からの手紙ですが、カンボジアの女の子からのものでした。そこには自分の住む村には水道もなく飲み水にも困っていると書かれていました」

「じゃあ、それで彼女は井戸掘りのボランティアに？」

「留学、国際学生フォーラムの立ち上げ、学園祭での実行委員……彼女は就職に利用できるようにとさまざまな経験を積んできました。しかし、あのボランティアだけはそうではなかった」

「文通相手の女の子の役に立ちたいという純粋な気持ちだった」

享の言葉に右京が頷いた。

「ええ、だからこそ、それを他の経験と同じように就活に利用する事はしなかった。もし利用してしまえば、その時の純粋な気持ちまで失われてしまう。彼女はそう思ったんじゃありませんかねえ」

「何もかもすべてを就職に捧げてきた彼女だからこそ、その気持ちだけは大切にしたかった」

そこで右京はひとつ、指摘した。

「しかし、だとすると、彼女は根本的に間違っていた事になります」

「間違っていた？」

「就職面接がその人間を見極めるものであれば、純粋に行ったその行動こそ、堂々と話すべきだったんじゃありませんかねえ。その姿こそが彼女そのものなのですから」

「ああ……疲れたー」

その夜、仕事から帰ってきてぐったりと椅子に座り込んだ笛吹悦子に、享がしみじみ言った。

「でもよかったな、えっちゃん。CAになれて」

「何それ？」

享は悦子のために用意したビーフシチューの味見をしながら微笑んだ。

「まあそりゃあね、子供の頃からの憧れだったからね……でも、少ないと思うよ。本当になりたいものになれてる人って」

「ん？　フフッ」

「うん」

ワインを注がれた悦子は、享に話を振った。

「そんな事言ったら享だって刑事になれてよかったじゃん」

享はわずかに首を捻った。

「んー、それはちょっと違うんだな」

「違うって？」

「俺が思い描いてた刑事像とどっか違うんだよな、特命って」

「それ、わかる気がする」

「わかっちゃう？」

享は上目遣いで言った。

ちょうどそのころ、特命係の上司は行きつけの小料理屋〈花の里〉で意外な人物と酒を酌み交わしていた。

「急に飯でも食おうなんて驚いただろうね」

そう言って盃を傾けたのは、享の父親である甲斐峯秋だった。

「ええ、少し」

含み笑いをする右京に、峯秋が言い訳をするように言った。

「なんだかもう一度この店に来たくなってね」

カウンター越しにそれを聞いていた女将の月本幸子が微笑んで礼を述べた。

「ありがとうございます。でもあんまりお偉い方にいらして頂くと、ちょっと緊張しちゃいますけど」

「私はそれほどのものじゃないよ」謙遜した峯秋は、さりげなく右京に訊ねた。「あいつもよくここへ来るのかね？」

「僕と時々」

幸子が間《あい》の手を入れる。

「いい息子さんですよね。お父様と同じ道を選ばれて。今時なかなかありませんよね」

峯秋は眉根を寄せて訊ねた。

「なぜだろうね？」

「はい？」

「なぜあいつは警察官にこだわるんだ？　まあ、大方私への嫌がらせのつもりだろうがね」

峯秋の苦々しい言葉を、右京が否定した。

「それは違うと思いますが」

「違う？」

「ええ。違うと思います」

右京は内定を断ったことがある、と言った享と交わした次のような会話を披露した。

――親父のいる警察に入るなんて御免だったんですよ。どうせコネで入ったんだろうって思われるに決まってるし。だから就職活動もして内定ももらいました。でも、なんか違うなって思ったんですよ。親父がいるからって自分が本当にやりたい事を諦めるなんて癪《しゃく》じゃないですか。だからギリギリだったけど、必死で公務員試験の勉強して……。

――つまり、君は純粋に警察官になりたかった。

右京の言葉に、享は頷いた。

「あいつがそんな事を」

峯秋は信じられないというふうに言った。

「ええ」

「そうかね」

そう呟いて盃に口を付けた峯秋の頬は次第に緩み、ついには声を立てて愉快そうに笑いだした。

その横顔にはふだん決して見せることのない父親の相が滲んでいた。

第六話
「右京の腕時計」

一

ある朝、警視庁特命係の警部、杉下右京にとってはちょっとだけショッキングな事態が起こった。

「おはようございます」

部下の巡査部長、甲斐享が登庁してくるなり、壁の時計を見た右京は、

「〝おはようございます〟じゃありません。僕の記憶が正しければ登庁時間は八時半だったはずですがね」

と部下を正しく指導したつもりだったのだが、享の言うには壁の時計が十分進んでいるというのだ。ちなみにいつもながらコーヒーをねだりに来た隣の組織犯罪対策五課の課長、角田六郎にも確かめてみたが、角田の腕時計も八時半ちょうどだという。右京は首を傾げた。壁の時計はつい先ほど、右京の腕時計に時間を合わせたばかりなのだ。ということは、右京の腕時計が十分進んでいるということになる。

「なんと！」

三人は互いの腕を差し出して、時計を見比べてみた。

「それ機械式っすか？」右京のクラシカルな時計を見た享が、「ずれるんですね」と言

うと、右京は心外そうな顔をした。

「いやいや、この十年、ずれた事はないんですがねえ」

「クオーツならずれませんよ」

享が自分の腕時計を自慢するように掲げると、角田も嬉しそうに言った。

「お揃いにするか？　二万もしたけどな」

右京は憮然として応えた。

「いや、結構。信頼出来る時計師に見てもらってますから」そして携帯を取りだし、どこかに電話をかけた。「もしもし。以前、時計を見てもらいました杉下と申しますが。ご無沙汰しております。少し調子がおかしくなってしまいましてね……ええ、今日の四時ならば伺えますが。よろしくお願いします」

その〝信頼できる時計師〟津田陽一《つだよういち》の工房を訪れる右京に享も同行したのは、特命係がいかに暇な部署であるかの証でもあった。

「ご無沙汰しておりました」

挨拶をする右京とその隣の若者を見た津田は、ふたりを中に招じ入れた。

「いらっしゃい。三年おきには手入れに来るように言ったはずですよ」

頭髪はすでに真っ白になっているが、津田は端整な顔立ちをしており、職人らしい生真面目さとソフトな当たり口が相まって、好印象を与えた。

「申し訳ありません。あれから問題なく動いてくれていたものですから、つい……」右京は時計を外して津田に差し出し、「半日で十分ほど進んでしまいます」と時計の状態を報告した。

「お預かりします」津田は右京から時計を受け取ると椅子に座り、それを耳の近くに持っていって、音を聞いた。「テンプが速いようだな。油も硬くなってるみたいですね」

そこで右京は享に津田を紹介した。

「こちら、津田陽一さん。ＣＭＷ、公認高級時計師です」

「ＣＭＷってなんの略ですか？」享が訊ねた。

「Certified Master Watchmaker。時計師としては最高峰の資格で、亡命した国でたとえ言葉が出来なくても翌日から仕事が出来る唯一の資格と言われてるんですね」

「なんかすごいですね」

感心する享の顔を、津田が見上げて訊ねた。

「こちらは？」

「杉下さんの部下で甲斐と言います」

津田は享の手首をちらと見て、「クオーツですね」と言った。

「あっ、わかります？」

「針の動きが違いますから。正確でいいですよね」

その津田の言葉を右京が引き取った。

「同じぐらいの精度を、部品の組み合わせだけで出すところに、僕はこの機械式の魅力を感じるのですがねえ」

津田はまるで自分のことを言われているように嬉しそうに微笑み、「少し見てみませんか？」と享を誘った。

右京の腕時計の裏蓋を開けた津田は、享にルーペを渡した。

「ここがテンプ。要は振り子なんですが、時計の心臓です」ピンセットの先で細かい部品を指した津田は、「金属は温度で伸びたり縮んだりするんで、夏はゆっくり、冬は速くなります。そこも含めて調整してやらないと」と時計を慈しむように言った。

「なんか生き物みたいですね」享が感心する。

「そういうところに愛着を持つ方もいらっしゃいます」津田はまたピンセットで時計の部品を次々と指した。「ここはアンクル、ここはガンギ車。前回はここの歯車が擦り減ってたんで、私が作ったんです」

「え、自分で作っちゃうんですか」

享が驚きの声を上げたとき、壁に掛けた時計が鐘を打って四時を報《しら》せた。津田はふと顔を上げて時計を見た。

「細かいなあ」

腕時計から目を離した享はルーペを津田に返して礼を述べた。

「では、確かにお預かりします」

津田は右京の腕時計にガラス製のドーム型の蓋を被せた。

「よろしくお願いします」礼をして部屋を出て行こうとするとき、右京が棚の上に置かれた時計を指した。

「この時計、確か以前にも……」

年代物らしいその置き時計は、壊れているらしく止まっていた。

「よく覚えてますね」

「西暦まで表示されるクロックは珍しいですからねえ」

確かに文字盤の下に、洋数字で西暦と月日が表示されていた。

「怖くて開けられなくてね」

「津田さんがですか？」右京は意外そうに言った。

「こういう一点ものは設計図が手に入らないものですから、仕組みがよくわからないうちに下手に開けると二度と直せなくなる。外からじっと観察して仕組みを推理した上でないと開けられないんです」

「なるほど。なんとなくわかるような気がします」

右京は再び礼をし、享とともに津田のもとを辞した。

二

その日の夜、奥多摩にある別荘地である男の死体が見つかった。硫化水素による中毒死で、自殺と見られた。幸いオフシーズンだったこともあり、二次被害はなかった。猛毒のため防護服を着た科学特捜班が除染を終えてから捜査員が入った。その別荘は豪奢な造りだった。持ち主は関一馬《せきかずま》という有名なファッションデザイナーで、何でもストリート系のブランドで当てて、一時期は年商八十億とも言われていたという。しかし自殺したのは本人ではなく、藤東《とうとう》物産という会社の社長で、第一発見者がその関というデザイナーだった。

翌朝、警視庁鑑識課の米沢守のもとに、右京と享が訪れた。

「おや、これはおふた方。今日はまた何か?」

どことなくおどおどと訊ねる米沢に、享が「ジャーン!」と言いながら一枚の紙片を差し出すと、右京が言った。

「今今亭狐楽《こんこんていこらく》の独演会のチケット、かぶりつきです」

「おおー」米沢の目が輝いたが、同時に半分、危惧の色を見せた。「また何か無茶な頼み事でしょうか?」

右京が首を振った。

「いいえ。先日無理を申し上げたので、お礼を兼ねて僕たちから」

米沢の顔に満面の笑みが浮かんだ。

「本当ですか?　いや、よく取れましたね」

「ネットオークションでゲットしました」

亨がガッツポーズをとる。

「いやあ、こんな事されたら断れませんなあ……」

米沢はチケットを嬉しそうに眺めた。

「事件ですか?」

米沢の前のテーブルに並べられた物を見て、右京が訊ねた。

「昨日奥多摩で自殺がありまして、その遺留品です」

それらのなかのひとつが、右京の目に留まった。

「おや、止まってますが、これ、機械式ですね。なかなかいい時計ですねえ」

右京は手袋をして時刻を合わせ、リュウズを押して腕時計を動かした。

「ええ。亡くなったのが藤井守《ふじいまもる》という時計の輸入販売をしてる会社の社長さんだったもんですから……ええと、藤東物産」

その名前に聞き覚えがあるかのように、右京が復唱した。

「知ってんすか？」亨が訊ねる。

「津田さんのいる会社です」

「えっ？　あそこって自分の工房じゃないんですか？」

亨が昨日訪れた津田の家について言った。

「アフターサービスの修理部門の社員だそうで、仕事は自宅でしているそうです」

「へえ」

その遣り取りを聞いていた米沢が怪訝そうに訊ねる。

「どなたかお知り合いでしょうか？」

「ええ、まあ……で、その自殺というのは？」

興味を抱いた右京に、米沢が詳細を説明した。

「それがいささか妙でして、他人の別荘で亡くなってたんですよ。別荘の持ち主は関一馬さんというアパレル関係の経営者なんですが、週末はその別荘で過ごすそうで、昨日いつものように来たところ、中から異臭がするのに気づいて、藤井さんが亡くなっているのを発見したそうです。死亡推定時刻は午後四時。ガスの警報器が反応して、警備会社に連絡がいってました」

「自殺の理由は？」右京が訊ねた。

「関さんの話では、最近経営難だったようで、それを気に病んでの事ではないかと。このように遺書もありますから」

米沢が示した遺書には、こう記してあった。

〈経営者の重責と孤独に耐えられませんでした。勝手なことをして申し訳ありません〉

右京はそれを享が読み上げるのを聞きながら、車のキーを持ち上げた。そのキーホルダーはプラスティック製なのだが、半分が欠けていた。米沢は遺留品のなかから手帳を取り上げて開いた。

「それからこれ、藤井さんの手帳なんですけども、別荘が留守の日を調べていたようで、遺書も含めて計画的な自殺だったと思われます」

右京は事件のあらましを記したホワイトボードを見て言った。

「死因は硫化水素中毒死ですか」

言いつつ、張り出された現場写真のなかから、硫化水素を発生させたと思しき液体の入った容器を指した。

「これ、花瓶ですかね？」

その花瓶の縁には透明な物質が付着している。

「これ、なんでしょう？」

右京が訊ねると、米沢が答えた。

「オブラートです。ご存じのように、硫化水素はふたつの化学物質を混ぜ合わせる事によって作りますから。オブラートでくるんだ粉末を花瓶の中に投げ込んだんじゃないでしょうかね」

そこで今度は享が藤井と関との関係を訊ねた。米沢によると、新商品の開発で、業務提携をしようとしていたようだった。それで打ち合わせと懇親を兼ねて、関の別荘にも一度招かれた事があったようだ。

「それで他人の別荘に侵入して自殺？」

「ええ。妙は妙なんで、一応、一課も自殺と事件両方の線で調べてるみたいですね」

「確かに妙な話ですね」

右京も首を捻った。

右京と享は早速、藤井が社長を務めていた藤東物産を訪ね、藤井の下で働いていた秋田《あきた》秀紀《ひでのり》に話を聞いた。秋田によると遺書にあったように確かに経営難ではあったものの、それより最近、藤井が神経を尖らせていたのは買収問題だということだった。相手は関で、機械式時計を一緒に作らないかという申し出があった。それは津田に時計を作らせて新しいブランドを立ち上げるというものだったが、藤井社長がそれに反対すると、関は藤東物産の株を持っている取引先を回って買収を始めたのだという。秋田は言った。

「正直自殺したって聞いた時、一番最初に思い浮かんだのは抗議の自殺でした」

「藤井社長はどうして業務提携に反対していたのでしょう?」

右京が訊ねると、秋田が憤りを押し殺して答えた。

「関さんが作らせようとしていた時計、信じられないぐらい安物の量産品だったんです。津田さんに設計図だけ書かせて、あとは安い材料をプレス加工するって……」

つまり、買収を進めていた関にとって、藤井社長は邪魔な存在だったのだ。

ふたりは奥多摩の別荘地を訪れた。藤井の車が停めてあったのと同じ場所に右京の小型車を停めた。関の別荘までは少々距離がある所だった。ふたりはやはり藤井がそうしたであろうように、別荘までの道を歩いた。

別荘地の管理人の話だと、毎日午後三時半にこの周辺の見回りをしているらしいのだが、昨日のその時間にはまだ藤井の車はなかった。関は午後四時に来る事になっていたので、三十分の間に藤井は車を停め、別荘まで歩いて行き、自殺を図った事になる。

関の別荘の前にはまだ警察官が立っていた。右京と享は警察手帳を見せて別荘のなかに入った。別荘は外見に劣らずなかも豪華で、和洋折衷の調度はどれも高価なものらしかった。ふたりは藤井が自殺を図った書斎に行ってみた。

現場検証の写真を見ると、床からはもがいた藤井の指紋が複数検出されていた。右京は硫化水素を発生させた花瓶が置いてあった位置を確かめた。それは書斎の真ん中に置かれた小さなテーブルの上だった。テーブルの真上には三角型のペンダントライトが下がっていた。右京はそれを見上げて、二、三度ぴょんぴょんと兎のようにはね、ペンダントライトの上部をのぞき見た。それにどんな意味があるかわからないが、享も真似てはねてみた。

右京はエアコンの位置を確かめるように指さし確認をし、次にペンダントライトの位置を確認した。そしてしばし思案したのち、エアコンのリモコンを手にとってスイッチを入れた。

「何してるんですか？」

右京の奇矯な行動の意味を、享は失笑しながら訊ねた。

「暖房運転になっています」

「今の季節は冷房にはしないですよね」

「ですが、なぜか風向き調整の羽根が上向きになっています。暖かい空気というのは上に行くわけですからねえ、暖房ならば普通、羽根を下向きにしておきませんか」

確かにエアコンを見ると羽根は上向きになっている。しかしそれがどうしたというのか、享にはわからない。

「言われてみればそうですけど……」

右京はリモコンを置き、エアコンの送風口に手をかざして風を確かめた後、いったんスイッチを切り、机の上からメモ用紙を一枚ちぎって丸め、それをペンダントライトの上部にそっと置いた。そしてその状態のままエアコンのスイッチを入れた。すると丸めた紙はシェードの傾斜を滑ってテーブルの上に落ちた。

「カイトくん。君もやってごらんなさい」

「えっ？」

亨は意味不明なまま、言われたとおり同じことをしてみた。

「誰がやっても同じ位置に落ちますね」

右京がテーブルの上に転がっている紙くずを指した。

「ええ。確かオブラートって言ってましたよね」

やっと亨にもその意味がのみこめてきた。

「花瓶の中に液体を入れておき、粉末を包んだオブラートをここに載せておく」

右京がペンダントライトの上部を指した。亨はもう一度リモコンを手に取り、操作画面を確かめる。

「このリモコンのタイマー、四時に電源が入って四時十分に切れるように設定されています」

「ひょっとしてひょっとするかもしれませんね」

「はい」

三

捜査一課の伊丹憲一と芹沢慶二は、関の事務所を訪れていた。藤井の死体を発見した現場で事情聴取は終わっていたが、その後、関が藤東物産の株主たちを買収していたという事実がわかったからだった。

「なんでそんな事まで調べてんの？　言ったよね？　俺が着いた時にはもう死んでたの」

関はファッションデザイナーらしく流行の最先端を行く出立ちだったが、その物言いは傲慢さを帯びていた。伊丹がそんな関を厳しく追及する。

「そこなんですが、おかしくないですかね？　調べたらあなた、午後四時に別荘でネット会議をやる予定があったらしいじゃないですか」

「仕事の電話してて遅れたんだよ。それに藤井さんが死んだ時間には別荘の近くにあるコンビニにいたわけ。嘘だと思うんなら調べてよ」

関がアリバイを述べ、両手を挙げるジェスチャーをしたちょうどそのとき、秘書がドアをノックして、ふたりの訪問者を部屋に招じ入れた。右京と享だった。

「彼らと一緒です」

享が秘書に言った。どうやらふたりは、先に来ていた伊丹と芹沢を利用して受付を通ったらしい。

「警部殿」

伊丹が立ち上がると、右京は満面の笑みで礼を述べた。

「いいタイミングでした。おかげですんなり通してもらえました」

「おまえも勝手に〝一緒〟にするな」

「すいません」

伊丹が享を叱った。

「買収の件ですね？」

右京に訊かれて首肯した芹沢を、伊丹が小突く。

その脇から享が進み出た。

「関さん、どうして黙ってたんですか？」

関がソファから立ち上がって答えた。

「俺が追い詰めたなんて噂が立ったら困るからだよ。こっちだって素直に業務提携してくれれば、買収なんかする必要なかった。仕方なかったんだよ」

享が重ねて問う。

「なんでそこまでして藤井さんの会社を？」

「欲しかったのは修理部門。あそこにはスイスの時計師にも引けを取らない腕のいい職人がいるんでね」

「津田さんの事ですか？」

聞き返した右京を、関は驚いた顔で見た。

「知ってんの？」

「実は個人的に時計を見てもらってまして」

関は気障《きざ》なポーズを作って指を鳴らした。

「だったらわかるでしょうけど、彼は時計業界じゃ国際的な評価がある職人なの。ヨウイチ・ツダの名前で純国産の機械式時計を若者にも手が届く価格で作れば、絶対成功出来る！　それに彼自身もかつては独立時計師を目指してた」

「独立時計師？」

聞き返した伊丹に、右京が答えた。

「オリジナルの時計を一から作り出す職人の事ですねえ」

「なんでもよくご存じで」伊丹が憎々しげに言う。

右京が本題に戻る。

「で、津田さんはどうおっしゃっていたのでしょう？」

「初めは渋ってたけど、ちょうど昨日別荘へ向かう途中に電話くれて話を聞かせてくれって」

「津田さんがですか？」

意外そうな顔をした右京の脇から、芹沢が確かめた。

「じゃあ、さっきの電話ってのは……」

「そう。俺としては会議よりそっちが大事だったわけ。津田さんにはあの別荘にも何度も来てもらってるし、ようやく俺の誠意が伝わったんだと思ってる。反対してたのは藤井さん。俺が経営権を握ったら外されると思ってたから。そういう人なの」

「ほう、そんな事が」

伊丹から疑いの目で見られた関が、否定する。

「だからって自殺を俺のせいにされても……」

そこで右京が口を挟んだ。

「本当に自殺なのでしょうかねえ？」

それを聞いて、芹沢が享に耳打ちした。

「なんかつかんでんの？」

享がエアコンのリモコン画面を撮ったスマートフォンの画像を見せながら、例のタイマーの件を伊丹と芹沢に説明した。

ふたりが再び関に疑いの目を向ける。

「まさか俺を疑ってるの？」

芹沢が改めて訊ねた。

「つかぬ事伺いますけど、事件の前日何なさってました？」

「前日？　海外にいたけど」

「別荘へは空港から直接？」伊丹が続けて問う。

「そう」

「だとしたら伊丹さん、関さんには無理ですね」

怪訝な顔をする伊丹に右京が説明する。すなわち、エアコンのタイマーは二十四時間後までしか設定出来ないタイプのもので、もし本当に前日に海外にいたのだとしたら、関には犯行は不可能だった。

ひとつため息を吐《つ》き、アリバイの裏をとるために芹沢と連れ立って出ていく伊丹を、関は〝してやったり〟といいたげな顔で見送った。

事務所を出たところで享が右京に言った。

「確かに本人には出来ませんけど、誰か協力者がいればいいだけの話ですよね」

「しかし、殺人の協力者などそう簡単に見つかるものでしょうかねえ」

「津田さん、昔、独立時計師を目指していたんですよね。もしも自分の時計を世に出したいという野心が今でもあったとしたらどうでしょう？　関さんと利害が一致すると思いませんか？」

右京が享の言葉に頷きながらも人さし指を立てて言った。

「ええ。ただひとつだけどうしても腑に落ちない事があるんですよ。関さんの企画する商品は機械式時計の品質を落とそうとするものですよねえ。そんな話に津田さんがのるとはどうしても思えないんですよ」

「じゃあ、なんで関さんに電話して話を聞かせてくれって言ったんでしょうね」

「そこです」

右京は享の鼻先に人さし指を向けた。

翌日、ふたりは再び津田の工房を訪れた。窓越しに見ると、例の年代物の置き時計を開けて修理作業に専念している。

「あー、開けたんですか」

招じ入れられたところで、右京が興味深そうに時計を見た。

「ええ、およその見当がついたものですから。今日は？」

用件を訊ねる津田に、享が切りだした。

「藤井さんが亡くなった事はご存じですか？」

津田が答える。

「昨日の夜、会社から連絡もらいました。あの人とは長い付き合いだったんで、残念です」

しみじみと振り返る津田に、亨が重ねて訊ねた。

「関さんから津田さんの名前を使ってブランドを立ち上げようと言われていたそうですね」

「それが？」

「津田さんはどうお考えだったんですか？」

「どうと言われましても……」

答えあぐねる津田に、亨はさらに一昨日、関に電話をしたことを持ち出した。

「話を聞いておこうと思っただけです。案の定、まるでブリキを型抜きして時計のおもちゃを作るかのようなひどい話でした」

「では、協力する気はなかったと」

右京に訊かれて、津田はおもむろにピンセットを取り上げながら言った。

「私がスイスで教わった時計師たちは、これで部品に触れただけで時計の質を見抜くんです。あんな品質の低いものに協力するなんて、彼らに恥ずかしくて出来ません」そうして部屋の隅の机の引き出しを開けて、中から一通の封書を出した。表書きには〝退職届〟と認《したた》められていた。「買収の話を聞いた時、書いたものです。私さえ会社を辞めればあの男も手を引くかもしれないと思ったもので……。藤井さんには受け取ってもらえませんでしたが」

亨がなおも訊いた。

「でも、津田さんは独立時計師を目指していたんですよね。自分の時計を作るのが夢だったんじゃありませんか？」

「それは昔の話です。この歳になって今さらそんな気はありません」

津田が自嘲気味に言ったところへ、来客があった。やはり藤東物産の修理部門に勤める葛西周平《かさいしゅうへい》だった。

「修理依頼があった時計なんですが、僕らじゃ手に負えそうにないもんで……」

葛西はジュラルミンケースを差し出した。それを機に、津田は話を切り上げた。

「そんなわけですので、そろそろ。お預かりした時計は明後日までにやっておきます」

四

ふたりは礼を述べて津田の工房を辞すと、出口で葛西を待ち伏せして声をかけ、話を聞くことにした。

葛西は津田が藤東物産に来た頃から知っているとのことだった。客の前では見せないが、職人仲間に対しては厳しい人だと苦笑した。右京は葛西に、独立時計師を目指していた津田が、どうして突然修理部門についたのかを問うた。

「一から自分の時計を作るのと修理を専門にするのとでは、まるで志が違うような気がするのですがねえ」

「奥さんの事がきっかけだって聞いてます」

「奥さんですか？」右京が聞き返した。

「ええ。正直、奥さん以外、津田さんの夢を理解する人なんていなかったんです。部品や工作機械でかなりのお金が必要で、生活の面じゃ苦労かけっぱなしだったみたいです。そんな時に、急に奥さんを亡くしてしまって……」

「病気か何かで？」

亨に訊かれると、葛西は少し躊躇しながら答えた。

「いや、それが……強盗に入られて殺されたんですよ。ローザンヌフェアって時計の見本市がスイスであるんですが、津田さんがそこに出掛けてる間に……津田さん、時計作りの費用を稼ぐために修理も請け負ってたんですが、一本何百万もする時計を何本も預かるじゃないですか。そこを狙われて」

「そうでしたか。それで津田さんは独立時計師になる事を諦めたと」

右京が同情を込めて言った。

「いや、それどころか時計から一切手を引く気だったみたいです。自分が時計にさえ関わっていなければ、奥さんは死なずに済んだって思ってしまったんです。あとから聞いたんですが、当時は後を追う事も考えたそうです。そんな時に、社長がうちに来てくれないかって」

「よく説得出来ましたね」と右京。

「前から何度か会いに行ってたみたいなんですが、奥さんが亡くなってからはまるで親友のように毎日通ったんだそうです。よっぽど津田さんに惚れ込んだんでしょう。津田さんも社長は命の恩人だって言ってました」

　特命係の小部屋に戻ったふたりは、早速葛西から聞いた津田の妻が殺された事件の資料を当たった。その事件の犯人はまだ捕まっていなかった。十八年前、千葉に住んでいた津田は、事件のあと工房を畳んで引っ越していた。葛西の言うとおり、どうやら本気で時計から手を引こうとしていたらしかった。

　津田の考え方は関とは水と油であり、しかも藤井に相当な恩義を感じていた。とすると、津田が関に協力するという線はなさそうに思えた。

「暇か？」

　そのとき、いつもの決まり文句を投げ掛けて、角田がコーヒーをねだりに入ってきた。

「聞いたぞ。例のホトケ、関ってアパレルの社長が怪しいんだって？」

サーバーからコーヒーを注ぎながら訊く角田に、亨が答えた。

「まあそうなんですけど、微妙ですね」

「しかしなんでまた、自分の別荘なんかで殺しちまったんだろうな。俺なら絶対やらないよ」

「その前に別荘持ってるんですか？」

亨に痛いところを突かれて、角田は苦笑した。

「持ってるわけないだろ」

「確かにそのとおりですね」

右京に身も蓋もない言われ方をされて、角田はわずかに憤慨した。

「そんな言い方ないじゃない」

右京が付け足す。

「いえいえ、そうではなく課長の言うように妙だと思いませんか？　自分の別荘で殺人を犯せば疑われるに決まってますよ」

「だよな」と角田。

「そもそも関さんには、藤井社長を殺すつもりなどなかった」

「ここにきて全面否定ですか」

亨が意外そうに言った。

「だったら自殺か？」

角田の言葉も否定した右京は、

「われわれは全く逆方向からこの件を見つめていたのかもしれません」

と根本的な疑義を呈した。

「逆方向って？」亨が聞き返す。

「これ見てください」右京は藤井の手帳をコピーしたものを取りだした。そしてある日の欄には〝十一時から滞在〟とあり、事件当日には〝十六時から滞在〟と記されていることを指摘した。「関さんの留守を探っていたのだとしたら、ここは〝十一時まで不在〟そしてここは〝十六時まで不在〟と書くのが自然じゃありませんかねえ」

「じゃあ、いない時間じゃなくいる時間を探っていた？」亨が聞き返す。

「なんのために？」

角田の質問に、右京が仮説を立てて答えた。

「藤井社長の方が関さんを殺害しようとしていたとしたら、どうでしょう？　藤井社長には、動機がありますからねえ」

「殺害計画を立てていたのは、関さんではなく藤井社長の方だったたって事ですか？」

亨が整理する。

「藤井社長の行動をたどってみましょう、事件が起きた二十四時間前から」

角田を残し、ふたりは早速行動に移った。

五

右京と享はまず藤井の自宅の隣に住む主婦に、藤井が車庫から車を運転して出ていったのが、事件前日の夜であったかを確認した。主婦は首肯した。暗くて顔は確認できなかったが、車に乗っていたのは運転手ひとりだけだったということだった。

ふたりは藤井が運転しただろう道をたどって奥多摩の別荘に向かった。タイマーはマックスで二十四時間である。藤井が車で出かけたのは、前日に別荘に来て仕掛けを作るためだった、と考えることはできそうだった。別荘に誰もいない日を把握していた藤井が、わざわざ関が来る直前の短い時間を使って仕掛けを作らなければならない理由はないからだ。

しかし、問題なのは前日に仕掛けを作っていたとしたら、なぜ当日、また別荘に戻る必要があったか、ということだった。

「たまたま遅れていたからいいものの、関さんと鉢合わせる危険があった……」

別荘の書斎に入り、部屋を見回して呟いた享に、右京が突っ込んだ。

「そこです。どうしても戻らなければならない理由があったとしたら、どうでしょう？」

「どうしても戻らなければならない理由？」亨が復唱する。

「方々に指紋が残されていたんでしたねえ」

頷いた亨は現場検証の写真を取り出した。

「もがいたにしては、少々範囲が広過ぎると思いませんか？」

右京の指摘どおりだった。写真の印に合わせて、ふたりは実際に床を這って指紋がついていた場所を確認してみた。

「変わった指紋の付き方ですねえ」

「カイトくん。藤井社長は何かを捜していたのではありませんかねえ」

そう言いながら、右京は指紋の場所に手をつき、藤井の動きを再現してみた。そしてテレビボードの下に何かを発見して亨に声をかけた。

「あっ、カイトくん。ちょっといいですか？」

ふたりはテレビボードに手をかけて位置をずらした。そこには藤井の手の跡が絨毯の上にくっきり残っていた。

「この下に何か落としたんでしょうか？」

亨が首を傾げた。右京が推論を述べる。

「戻ってきた理由はそれかもしれませんねえ。つまり、前日この別荘に来た藤井社長は、この部屋で何かを落とした。当日その事に気づき、危険を冒してでもどうしても戻ってこなければならなくなってしまった」

「じゃあ、何を落としたんでしょうか？」亨が訊ねる。

「例えば、藤井社長の遺留品にあった車の鍵。キーホルダーが半分欠けていました」

「なるほど。確かに現場に自分の証拠を残しちゃまずいですもんね」

「問題は、どうしてそこで彼が死ぬ事になったのかという事です」

右京の設問に、亨が頭を捻った。

「仕掛けが動く時間を間違えた」

それは即座に右京に却下された。

「そこまで綿密な計画を立てておいて、最も大事な時間を間違ったりするでしょうかねえ」

「じゃあ……自分の時計が遅れていた？」

「はい？」聞き返す右京の目が光った。

「自分の時計が遅れてた」

右京はサッと亨の顔を人さし指で指した。

「カイトくん！　君、いい事言いますねえ」

「え？」

警視庁に戻った右京と享は、鑑識課に米沢を訪ねた。米沢はふたりから貰ったチケットで聴いた今亭狐楽の高座が忘れられないようで、パソコンの前に座って手ぬぐいを片手に、もう片手に扇子を持って物まねをしていた。

「世界中からたくさんの人が日本に訪ねてくる。それは一体何かと尋ねたら……アハハ！」

「米沢さん」

右京に声をかけられて、米沢は我に返った。

「あっ、ちょうどよかった。昨日はおかげさまで大変結構な一席でした。これ、おふたりで。お土産です」

「どうもありがとう」

米沢から扇子を二本受け取った右京はそれをサッと享に渡して、早速本題に入った。

「藤井社長の時計はまだありますか？」

「ああ、一課の方でも自殺という事で落ち着きそうなんで、そろそろご遺族の方に返そうかと思っていたところなんですけど。時計がどうかしましたか？」

米沢からビニールの小袋に入った腕時計を受け取った右京は、享に時間を確かめた。

「十八時十五分です」

右京は腕時計の針を読み、大きく頷いた。

「なるほど。そういう事でしたか」

六

翌日、工房のドアをノックすると、津田は不審そうな顔で出てきた。

「時計のお渡しなら明日ですよ」

右京がお辞儀をして言った。

「今日はその話ではありません」

「なんの話でしょうか？」

特命係のふたりを工房に招じ入れた津田が訊ねた。

「以前おっしゃってましたねえ。一点ものの時計は下手に開けられない。仕組みがわかるまで、外からじっと観察するのだと。僕も今回の事件の仕組みがようやくわかりました」

その置き時計は津田の作業机に載っていた。

「教えてもらえますか？」

右京が解き明かした事件のあらましを述べる。

「藤井社長は自殺ではありませんでした。何者かに殺されたんです。ただしその藤井社長もまた、関さん殺害を企てていました。藤井社長は関さんの予定を調べ、関さんが必ず別荘の書斎にいるタイミングをつかみます。時限式の仕掛けを作って、関さんを殺害するためです。さて、自殺に見せかけるためには室内の設備だけを使った仕掛けを作る必要があります。一度しか別荘に行った事のない藤井社長には、内情をよく知り、なおかつうまい仕掛けを考えてくれる協力者が必要でした。それが津田さん、あなただと僕は思っています」

　右京は津田を指さした。享が続ける。

「決行の前日、関さん殺害に動機がある藤井さんが仕掛けを作るわけにはいきません。そこで、何度も招待され関さんの別荘をよく知るあなたがやることになりました。別荘に行ったあなたは鍵のかかっていない窓から書斎に忍び込み、硫化水素を翌日の午後四時に発生させる仕掛けを作ります」

　右京が人さし指を立てた。

「そこまでは計画どおりでした。ところが藤井社長は、なんらかの理由で別荘へ行かなければならなくなります。おそらく何かを探し出す必要があった。そして、藤井社長は管理人の見回りが終わる時間を見計らって書斎に侵入します。ところが捜し物は見つからない。その時……」

　右京の言葉は、藤井が焦って床を這い回る姿と、タイマーが作動し、エアコンが動き出すさまをありありと思い描かせた。

「問題は、なぜ四時に動くはずのものが時間より早く動いたのかです。実は仕掛けが時間より早く動いたのではなく、藤井社長が時間より遅く行動したんです。ええ」

右京は自分の言葉に自分で頷いた。享が藤井の腕時計の写真を示す。

「葛西さんに聞いたんですが、藤井社長の時計はあなたが手入れしていたそうですね」

右京が続けた。

「合わせたはずの時刻が、いつの間にかずれていました。調べたところ、三時間でちょうど二十分遅れるようになっていました。藤井社長はこの時計を見て、三時半すぎに書斎に忍び込んだはずでした。ところが本当の時間は四時直前。間もなく仕掛けが動き出す時間だった。あなたの直した時計が遅れるはずはありません。わざと遅れるように調整しておいたんです。つけている本人も気づかない速度で、それでいて正確に。一方で関さんには、藤井さんと鉢合わせないように電話をかけ、仕事を引き受けるような話をして到着を遅らせた」

享がそれに続く。

「当日、藤井さんを別荘に向かわせるきっかけを作ったのもあなたですね。藤井さんのキーホルダーが半分欠けていました。そのかけらを別荘に落として来たとか言ったんじゃないですか?」

「つまりあなたは、藤井さんが企んだ関さん殺害の計画を利用して、藤井さんを殺したんです」

右京のひと言で、それまで黙って聞いていた津田が口を開いた。

「私が藤井さんを殺す理由があるというんですか？」

右京が作業机の上の置き時計を指す。

「このクロックの日付、一九九五年七月七日はあなたの奥様、香織《かおり》さんの亡くなった日ですね」

亨が当時の現場の、床に転がり、部品が飛び散った置き時計の写真を見せた。

「千葉県警に行って、奥さんが巻き込まれた強盗事件を調べてきました。事件の時に壊れたものだったんですね。事件の前から藤井社長は何度もあなたの家を訪ねていたそうですね。留守中に来たとしても不思議はありません」

そこで右京が津田に質問した。

「十八年間直さなかった時計を、なぜ今になって直し始めたのでしょう？　あなたが藤井社長を殺した理由は、奥様の事件と関係があるのではありませんか？」

津田は机の上の置き時計に慈しむように掌を置き、重い口を開いた。

「この時計、本当は私が作ったんです。妻のために。当時、独立時計師を目指していた私にとって、妻は唯一の味方でした。その妻が亡くなって後を追うつもりだった私を、藤井さんは思いとどめさせてくれた。感謝してました」

その藤井がある日、津田の前に土下座までしてこう言ったのだ。

――関さんは、買収したら私の首を切るつもりです。そしたら、私はもう生きていけない。もし私を命の恩人だと思うなら、今度は私の命を救ってください！　津田さん、このとおりだ。

「だから、今回の計画にも協力したんです。彼がいなければ、私の命はなかったも同然ですから。ところが、関さんの別荘に仕掛けをして車を車庫に返しに行った時……」

上着のポケットから車のキーを取り出そうとしたときだった。いつも肌身離さず持っていた置き時計の振り子の重りが、ポケットからこぼれて床に落ちたのだ。しかもそれは車庫の壁際に置かれた台の下に転がり込んでしまった。津田は床に這いつくばって台の下に潜った。するとそこに、埃を被った小さな歯車がひとつ、落ちていた。

「私が妻の時計のために一から削り出して作った部品でした。事件の日に壊れた時計の部品が、なぜ藤井さんのところに？　その時、恐ろしい考えが頭に浮かびました……あの頃、妻は私を修理師として引き抜こうと訪ねてきた客と言い争いをする事がありました」

もし、藤井が留守中にやってきて、津田を修理師に誘い込む話を妻に迫っていたとしたら……頑なにそれを拒絶する妻と言い争いの末、揉み合いになったとしたら……妻を殺した後、強盗を装うのは簡単なことだったろう。いくつかの高価な腕時計を奪い、部屋を滅茶滅茶にすればいいだけだ……急いでかき集めた腕時計と一緒に、ばらばらになった置き時計の部品が紛れ込んでいても不思議はない……。

「一度思いついてしまった想像を、確かめずにはいられなかった」

そこで津田は、最大の要《かなめ》となる仕掛けを試してみたのだった。

――なんの曲だったか覚えてませんか？

津田の工房に来た藤井に、置き時計を指して訊ねたのだった。

――は？

――この時計のオルゴールです。前の家で藤井さんも聴いた事があるでしょう？　修理するのにシリンダーを発注したいもので。

しばし考え込んだ後、藤井は言った。

――確か……『パッヘルベルのカノン』。

「その時、確信しました。この時計、普段は一時間ごとに鐘が鳴るだけなんですが、結婚記念日にだけ鐘の代わりにオルゴールが流れるように仕掛けがしてあったんです。結婚記念日は七月七日。妻が亡くなった日に初めて鳴るはずでした。藤井さんがその曲を知っているという事は、その日、私の家に来ていたという事以外考えられません」

津田は藤井にこう言った。

――この時計、私が作った最初の時計です。独立時計師になって幸せにするという意味で妻のために作りました。その妻が亡くなってやけになっていた私を、あなたは会社に引き入れてくれた。感謝してます。

関を殺害する計画しか頭になかった藤井は、突然、昔の話を振られて戸惑った。

——いやいや。どうも。

そこで津田は借りていた車の鍵を藤井に渡した。あらかじめキーホルダーを真っ二つに割ってあったのだった。

——あれ？　津田さん、これ、どうしたんです？

津田はそこで芝居を打った。

——もしかしたらあの時……仕掛けを作ってた時、鍵を落としてしまって……。

焦った藤井は、足が付く証拠をすぐにでも回収して来て欲しいと津田に頼んだが、津田はこの後すぐに客が、しかも警察の人間がやってくる、と言ったのだった。警察の人をいまさら断れば必ず怪しまれる。

——じゃあ、俺が行くしかないのか……。

地団駄を踏む藤井に、津田が言った。

——申し訳ない。別荘地には管理人がいます。三時半には帰りますから、そのあと関さんが来るまでの間なら……。

——参ったな、もう。急がなくちゃ！

そこで津田は、修理のため預かっていた藤井の腕時計を渡した。その時計には絶妙な仕掛けがしてあった……。

「妻の事だけはどうしても許せなかった。形見だと思って持ち歩いていたこの振り子の重りが、私を歯車に導いて真実を教えてくれました。妻が無念を晴らしてくれと言ったんです」

津田は置き時計の中で正確に時を刻んでいる振り子を指した。

右京が穏やかな口調でそれに反論した。

「果たしてそうでしょうかねえ。もし、奥様があなたを歯車に導いたのだとしたら、それは自分の時計を作っていた頃の本来のあなたを思い出させようとした……そうは思えませんでしたか？」

右京の顔をしげしげと見た津田は、ひとつため息を吐き、訊ねた。

「いつから私の事を？」

「強いて言えば、初めてここを訪ねた時でしょうか」

壁の時計の鐘が四時を告げたときだった。右京の腕時計の内部にピンセットで触れていた津田は、ふと目を離して時計を見上げたのだった。

「あなたは百分の一ミリまで気遣う職人です。部品を触っている時によそ見をする事など、到底考えられませんからねえ」

津田は力なく笑って、作業机の上の箱から右京の腕時計を取り出した。

「直してあります。ご迷惑をおかけしました」

受け取った右京はそれをしみじみと見ながら言った。

「もう、あなたに見てもらう事は出来ないのでしょうねえ」

「申し訳ありません」

津田は深々と頭を下げた。と、そのとき、置き時計がカチリと音を立て、『パッヘルベルのカノン』のメロディーが流れてきた。

「直せたんですね」右京が訊ねた。

「ええ、ようやく。私の人生は、ただこの時計を直すためだけにあったのかもしれません」

津田は愛おしそうに置き時計を眺めた。

翌朝、右京が静かにモーニングティーを嗜《たしな》んでいるところへ、享が元気よく挨拶をしながら登庁してきた。右京は腕時計を見て言った。

「八時三十一分十七秒。一分十七秒の遅刻です」

しまった、という顔をした享は、右京の腕を覗き込んだ。

「すいません。あれから時計の調子、いいみたいですね」

右京はゆっくり答えた。

「実に正確です」

そしてもう二度と津田の手にかかることのない腕時計を、愛おしげに眺めた。

第七話
「目撃証言」

一

　都内の某公園で若い男性の遺体が見つかり、警視庁の捜査員が初動捜査に入っていた。被害者は千倉博《ちくらひろし》。石段の上に横向きに倒れており、頭には血糊がべっとりと付いている。死亡時刻は昼の十二時十分。一一九番通報があり、駆けつけた救急隊が死亡を確認した。通報者は名乗らなかったが女の声だった。財布の中には現金が残っていたので、物盗りではないことは明らかだった。凶器と思しきレンガが遺体の傍らに残されており、血液反応は出ていたが指紋は確認されなかった。携帯電話は壊れていたが、データの復元は可能だという。

　特筆すべきは被害者が亡くなる直前に自らの血で石段に文字を書いていたことだった。いわゆるダイイングメッセージである。

「H22……このあとにも何か続きそうですよね」

　その写真を鑑識課の部屋で見た特命係の甲斐享が言った。

「血で書いたんで、これが限界だったんでしょうな」

　鑑識課の米沢守が言った。被害者は〈カフェRANDY《ランディ》〉という店で働いていた。

「昼は喫茶店で夜はバーとなる店で、私も時々利用します」と米沢。

ホワイトボードの前でそんなことを話しているふたりをよそ目に、杉下右京は机に並べられた証拠品を真剣な眼差しで検《あらた》めていた。そうして被害者の名札が入っているビニールの小袋を日にかざして、

「店長……」

と呟いた。ビニール袋から出してみると、名札のホルダーには二枚名刺が入っていて、表にあったのは何の肩書きもないものだったが、その下には確かに「店長」という肩書きの入った名刺が重なっていたのだ。

「おや、気づきませんでした」米沢がそれを見て言った。

「なんで店長のとそうじゃないの、両方持ってるんですかね？」

その名札を手に取った享が不思議そうに言った。

「ええ、気になりますねえ」

被害者の職場である〈カフェＲＡＮＤＹ〉を訪ねた右京と享は、店長の梶田《かじた》佐緒里《さおり》に、早速その疑問を投げ掛けた。

「ああ、以前バイトから店長に格上げになった事があって、たぶんその時の……」

と佐緒里は即答した。彼女によると、三年前に頑張りが認められて店長に昇格したの

だが、二年前くらいからなぜか仕事に身が入らなくなり、またヒラに戻されたとのことだった。

そこに女子従業員が出勤してきた。

「あっ、美久《みく》ちゃん。ちょっと……」

佐緒里がその女子従業員、東海林《しょうじ》美久に声をかけた。

「今日の昼間、千倉くんと一緒だった？」

佐緒里が訊ねると、美久は怪訝そうに聞き返してきた。

「えっ、いえ……千倉さん、どうかしたんですか？」

「実はね……」

言いかけた佐緒里を右京が遮った。

「ああ、それはのちほどわれわれから」

そして制服に着替えに美久が更衣室に行くと、佐緒里に訊ねた。

「なぜ彼女は千倉さんと一緒だったと思ったのでしょう？」

「えっ？」佐緒里は意表を突かれたような顔をした。

「今、お聞きになってましたよねえ？　千倉さんと一緒だったのではないかと」

「ああ……」質問の意図がわかった佐緒里は声を低くして言った。「ふたりはたぶん、恋人同士なんで」

「たぶん、とは?」さらに右京が訊いた。

「はっきり聞いたわけじゃないですけど、店でのふたりの様子とか見てたらわかります」

着替えを終えた美久を、右京と亨はテラス席に誘って話を聞くことにした。美久がこの店でアルバイトを始めたのは平成二十二年の四月、つまり千倉が店長になった年だという。亨が単刀直入に訊いた。

「失礼ですが、美久さん、千倉さんと交際されてますよね?」

「ええ」

「でも、今日の昼間は一緒にいなかった」

「ええ、今日は」

「じゃあ、救急車も呼んでいない?」

「ええ」

亨の質問におどおどと答える美久の様子を見て、右京が言った。

「ちなみに、一一九番通報の声は録音されていますよ」

それを聞いて顔色を変えた美久は、ついに白状した。

「すいません……私が通報しました」

亨が確認する。

「だとすると、あなたは千倉さんが殺害された現場にいたって事になりますが」

美久は恐ろしいことを思い出すように言った。

「私、見たんです」

今日、あの公園に千倉からメールで呼び出された美久は、石段のところから急いで立ち去る男の姿を見た。そして石段に行ってみると、千倉が血だらけの頭を押さえて倒れていた。

「見たんですか？　その男の顔を」亨が訊ねる。

「でも一瞬だったから……」

「その男を目撃したあと、あなたはどうしたのでしょう？」

右京にそう訊かれて、美久は言い訳をするように言った。

「どうしたって……だからすぐに救急車を」

すぐに携帯を取りだして一一九番通報をしていた美久は、千倉が頭を押さえながら何かを呟いているのを耳にしたような気がするが、電話に気を取られて、その内容まではわからないと言った。

「たとえば〝H22〟とか？」右京が訊ねる。

「そんな数字っぽかったけど、もっと長くて……」

首を傾げた美久に、千倉に呼び出されたときのメールを見せて欲しいと亨が頼むと、あろうことかそのメールはもう消去したという。右京と亨は思わず顔を見合わせた。右京が訊ねる。

「ちなみに、あなたはどうしてその場所を離れてしまったのでしょう？」

答えあぐねている美久に、さらに享が重ねた。

「しかも、それを隠そうとしてましたよね。なぜ？」

美久は泣きそうな顔になって答えた。

「だって、あの時はとにかく怖くて……」

そのとき、右京の携帯が振動音を立てた。

――ちょっと気になるものを発見しました。

米沢からだった。


それは千倉の自宅から押収したパソコンにあったブログだった。ブログのタイトルは『つまらない毎日をつまらなく綴るブログ――とある男の日常――』というもので、五年前に書き始めていた。

「千倉さんは美大出身でしたねえ。自作のイラストも載せていますよ」

画面を一瞥した右京が言った。

〈就活に失敗し、不本意ながらカフェのバイトに納まり、毎日がつまらねえ〉

最初の二年間はこういう愚痴だらけの日記で、添えられているイラストは、さすが美大出だけあってなかなか上手いが、どちらかというと暗いタッチのものだった。訪問者は結構いたようだったが、コメントも悪口ばかりが目立つ。ところがそんな陰気なブログが三年前に変化する。タイトルも『″RANDY″店長日誌』と変わり、明るいイラストが増えてハッピーな話題が綴られるようになる。

更新が止まったのは二年前だが、最後に付いたコメントはこのようなものだった。

〈目撃証言を絵にしてアップしたら、また盛り上がるんじゃないかな〉

「目撃証言？」

首を傾げる亨に米沢が説明を続ける。

「千倉さん、ひき逃げを目撃して警察に通報してます。調べたところ、この交通事故でした」

米沢が資料を右京と亨に見せた。それによると、三年前、清水《しみず》ハルという老女が路側帯で自転車にはねられ、脳出血で死亡した。自転車は逃げ、それを見た千倉が警察に通報した。自転車は赤い色で目立ったこともあって、千倉の目撃証言で近所に住む佐野陽《さのよう》一《いち》が逮捕された。目撃証言があるにもかかわらず、取り調べや裁判で被害者に配慮のない態度をとったという事で、禁錮三年の実刑になっている。道路交通法が強化された後の事件で、たとえ自転車でも人をひき殺していることを考えれば、もっと厳しくてもいいくらいのケースである。

この事件の目撃がきっかけで、千倉のブログは盛り上がり始めた。

「三年前のひき逃げ事故ですか……捜査を担当したのは？」

享がパソコンの画面でそのコメントを見ながら米沢に訊ねた。

「大橋署です」

二

右京と享は現場に行ってみることにした。鑑識で見た写真からこのあたりと思しき石段の前に、スーツを着た男が立っていた。その男は右京と享の顔を見ると、そそくさと去って行った。

「関係者っすかね？」享が首を捻る。

「三年前に逮捕されたひき逃げ犯ですが、確か禁錮三年でしたね」

右京の言葉に享が頷いた。つまり満期までいたとしたら今年出所していることになる。ふたりはそのひき逃げ犯、佐野陽一をあたることにした。

佐野はやはり出所して、某工場で働いていた。ふたりの刑事の顔を見た佐野はバツの悪そうな顔で、ふたりをなるべく工場から離れたところに導いた。

「悪いけど手短にお願いします。刑務所出たばかりなんで、この歳でも新人なんです。

それにもう三年前の事は忘れたいんですよ」

「忘れたいって……お婆さん亡くなってるんですよ」

気色ばむ享に、佐野も何か訴えたげに言った。

「いや、だからあれは……警察に話しても無駄か」

右京がその間に入る。

「話してもらえませんかねえ？　無駄にはならないと思いますよ」

「出来るだけ早く済ませますから」

享の言葉を受けて、ようやく佐野は当時のことを話し始めた。

「誕生日でした、息子の。なのにケーキ屋がローソク入れ忘れて。急いで取りにいって
その帰り……」

自転車の進行方向の先を歩いていた老女が、ふらりとよろめいて路上に倒れた。驚い
てブレーキをかけた佐野は、老女に声をかけた。

――大丈夫ですか？

――はい、どうも。お世話をおかけ致します。

老女は傍らの電柱によりかかりながら立ち上がった。どうやら大事には至らなかった
と判断した佐野は、

――気をつけて下さいね。

と念を押して再び自転車を走らせた。

ところがその後、あろうことかひき逃げ犯として警察に連行されたのだ。

「そのあとの事はもう何がなんだか……」

大橋署の取調室に入れられた佐野は、刑事からかなり強引な取り調べを受けた。

――おまえがはねといて何言ってるんだよ！

否定し続ける佐野を、その刑事は恫喝した。

――はねてません！　お婆さんには当たっていません。

そこで佐野は耳を疑うようなことを聞かされた。

――目撃者がいるんだよ！

――目撃者？　そんなバカな！

「で、禁錮三年。仕事も家族も失いました。揚げ句に民事でも訴えられて賠償金千二百万円です。今も払い続けてますよ」

佐野の話を聞いて、右京が言った。

「もしそれが真実だとしたら、あまりにも不当な経験ですねえ」

重ねて享が訊ねた。

「佐野さん、目撃者に対してどう思われてますか？」

「どうって……聞いてみたいですね」

佐野は怒りを滲ませて答えた。

「聞いてみたい？」

「ああ。俺が本当にひき逃げするところを見たのかって事を。その目撃者、どこにいるんすかね？」

その問いに、右京が答えた。

「昨日、何者かに殺害されました」

「えっ？」

驚いて聞き返す佐野に、享が訊ねた。

「佐野さん、昨日の昼の十二時頃、どこで何をしていたか教えてもらえますか？」

佐野は一瞬、考えてから答えた。

「弁当食ってましたよ、そこの公園で」

「それを証明出来ますか？」

そう訊ねた享に、佐野は自嘲気味に言った。

「ひとりで食ってたからね。それこそ目撃者でもいればいいんですけどね」

公園でひとりというのは、アリバイを立証するのは難しそうだった。ふたりは美久に佐野の写真を見せてみることにした。

右京と享は美久の通う慶明《けいめい》大学を訪ねた。

「どう？　君が見た男に似てる？」

享が示した写真をしげしげと見て、美久は答えた。

「かもしれません」

「かもしれません……ですか」

右京が聞き返そうとしたところへ、捜査一課の伊丹憲一と芹沢慶二がやってきた。

「東海林美久さん。あなた、千倉さんが殺された時、一一九番してますね？」

「しましたよ」

享が答えると、伊丹が苛ついて言った。

「おまえが答えるなよ！」

「それを今さら、なんで？」

享がめげずに続ける。

「今さらとか言うな……っていうか、なんでいるんだよ！」

あまりに柄の悪い伊丹を見て、美久が怪訝そうに訊ねた。

「この人たちも刑事さんなんですか？」

芹沢が心外そうに美久に警察手帳を見せながら言う。

「あのね、原則的に言うと、刑事っていうのはわれわれ刑事部にいる捜査員だけなんですよ、ね？　で、この人たちは違います」

「そういう事なんでお引き取り願えますか？」

特命係のふたりを、伊丹が追い払った。

仕方なく大学を出たふたりは、佐野が自転車ではねたという清水ハルの家を訪ねた。そこにはハルの息子、清水稔《みのる》がひとりで住んでいた。清水は刑事たちをハルの仏壇がある居間に通して、自らお茶を運んできた。

「あの時、母は病院に行くところでした」

「病院？　どこかお悪かったのですか？」

右京が訊ねると、清水は言い淀んだ。

「いえ……母は妻と折り合いが悪くて……あの日ちょっとしたことで口論になって、揉み合っているうちに頭を打って……」

「まさか、奥さんがお母さんに怪我をさせた？」

享の言葉を清水は否定した。

「違います。妻は母が勝手に転んだと言っていました」

「言っていました？　つまりご主人が直接見ていたのではなかった？」

享が訊き返すと、清水はそれを振り切るように語気を強めた。

「母を殺したのは、あの佐野っていう男です」

そこで右京が状況を整理した。

「あの日、お母様は奥様と口論になり、転んで怪我をして病院に行かれるところだった……そういうことになりますね」

清水は首肯しながらも苦い表情で言った。

「ええ。それで妻は責任を感じたみたいで……だから私も母の話はしなくなって……」

部屋を見回した右京が訊ねた。

「奥様は？」

「ああ、離婚したんです。母を殺した佐野は、私から妻や子供も奪ったんですよ」佐野への憎しみが消えやらない様子の清水は、ふたりに向かって訊ねた。「今日いらしたのは千倉さんの事ですよね？」

ふたりは清水の口から先に千倉の名前が出たことに、少なからず驚いた。それを察してか清水は、

「ニュースを見ました」

と付け足した。右京が確認する。

「つまり、あなたは千倉さんと面識があるんですね？」

「二年前、何度か訪ねてきたんで」

「一年前？　事故が起きた三年前ではなく？」

不思議に思って右京が訊ねる。

「ええ。彼が来たのは二年前の年末頃です」

事故から一年以上も経ったあとに、千倉が訪ねてきたのは、警察から自分の目撃証言を聞いた当時、遺族としてどう思ったかを聞きたかったからだと、清水は言った。

「不思議な質問ですねえ」

右京が率直な感想を口にした。

「ええ。そんな事思い出せないし思い出したくもないし、正直迷惑でした」

どうしてそんな質問をしたのかを右京が訊ねると、本を出すから、と千倉は言っていたというのだった。

三

特命係の小部屋に戻ったふたりは、今回の事件をホワイトボードにまとめてみた。

三年前、千倉は佐野のひき逃げを目撃。その後、しばらくしてアルバイト店員から店長に昇格。そして東海林美久と交際を始める。その一年後、ブログの更新を停止し、店長から降格されて再びアルバイト店員になった。同じ頃、本を出版するという理由で、千倉は突然被害者遺族の清水稔に話を聞きにいった……そこで享が異を唱える。

「でもそれって、ちょっと妙じゃないですか？　だって、お婆さんが自転車にひき殺されたのを目撃した人の本って」

「そういう本を出したいという出版社があるものでしょうかねえ。そもそも、なぜブログではなく本なのでしょう？」

右京が根本的な疑問を呈した。

「清水さんは千倉さんの目撃証言のおかげで母親をひき殺した佐野を逮捕出来た。なのに、千倉さんの事をあまりよく思っていませんでしたね。清水さんの事をもう少し洗っていいっすか？」

享の言葉に、右京は頷いた。

そのころ、警視庁の廊下を歩きながら、伊丹が参事官の中園照生に特命係と現場で鉢合わせることが多くなった旨を、苦情として上げていた。ところが中園は意外に寛容だった。

「確かに不愉快だが、まあいつもの事だ。放っとけ！」

そう言い捨てて去る中園と入れ違いに芹沢がやってきて、美久には千倉の他に交際している男がいるという情報をもたらした。それは野島漣斗《のじまれんと》という大学の同学年生だった。

警察沙汰になれば野島に千倉との関係がバレる……そう考えれば千倉の殺された現場か

ら逃走した理由も頷けた。

亨は〈カフェRANDY〉に美久を訪ねて、清水の写真を見せてみた。すると美久は、

「ああ、この人だったかもしれません」

と答えた。亨がもう一度確認すると、

「ええ、だと思います」

という頼りない返事だった。

一方、右京は鑑識課に赴いて千倉のパソコンに本の原稿データが入っていなかったかを確かめた。米沢によると確認できる範囲では本のデータはなかったという。

「確認出来る範囲では？」右京が聞き返した。

「ええ。ひとつだけパスワードが必要なファイルがありました。あっ、いやいや〝H22〟ではありませんでした」

米沢はいやな予感がした。

「そのパスワード、突き止めてもらえますか？」

右京は当然のように言った。

「いや、私、今一課のご依頼で被害者の携帯のデータを復元してるところなんですけどもね」

「もちろん、それが終わったあとで結構です」

いつもながら有無を言わせぬ右京に米沢は内心穏やかではなかったが、そんなことを忖度《そんたく》する右京ではない。

「どうもありがとう」

とひと言礼を述べて部屋を出ていった。


伊丹と芹沢は慶明大学に行き、野島漣斗と会っていた。美久とは友達だという野島に、付き合っているのかと芹沢が訊ねると、警戒心も露わに、

「なんでそんな事聞くんです?」と聞き返してきた。

「あら、聞かれたら困るような事だったかな?」

芹沢が鎌をかけると、

「お金のことですか?」

と馬脚を露わした。伊丹が追及すると十万円を二度にわたって借りたと白状した。

「そんな大金、彼女はどうしたんだ?」伊丹がさらに訊く。

「知りません」

「借りる時、普通聞くだろう!」

「普通聞きませんよ」

売り言葉に買い言葉の応酬が続いた後、野島は不機嫌そうに去っていった。

「カフェでバイトしてるだけの女子大生が二十万ねえ」

大学構内を歩きながら芹沢が言った。

「もうひとりの交際相手に借りたのかもしれねえな」

「あっ、千倉さん？」と芹沢。

「だとしたら、バレたらもめるわなあ」

伊丹が虚空を睨んだ。

享はその夜、清水を自宅に訪ね、犯行時刻のアリバイを訊いていた。清水は警備会社の営業をしており、その時刻は中岡町の住宅街で営業をしていたという。が、ここぞという家はみんな警備会社のシールが貼られており、面会した客もおらずアリバイを証明するのは難しそうだった。享は質問を変えた。

「ところで、千倉さんは本を出すと言ってたんですよね？　出版社の当てでもあったんでしょうか？」

「知りません」犯人扱いをされて気分を害した清水は、ぶっきらぼうに答えた。「でも、そのために目撃したひき逃げ事件の事、私や警察に訊き回ってるって」

「警察？」享が聞き返す。

「当時、目撃証言を話した刑事にも訊いたそうです」

特命係の小部屋でひとりパソコンで千倉のブログを見ていた右京の背後に、

「暇か？」

といつものせりふが投げ掛けられた。隣の組織犯罪対策五課の課長、角田六郎がコーヒーをねだりに来たのだった。

「人は変わるものですねえ」

「えっ？」

右京が独り言のように続ける。

「就職に失敗し、彼は不本意な生活を送っていました」

――同じ事の繰り返し。仕事ってこんなに嫌なものなんだろうか。世間は年末でばかみたいにうるさい。来年も再来年もこの仕事を続けてるのかと思うと耐えられない。こんなカフェで働いてるはずじゃなかった。

「二年後、ひき逃げを目撃してからは嫌々していた仕事に打ち込むようになり、とうとう店長に抜擢されます」

――皆さんにご報告があります。なんとこの度、ランディの店長になる事になりました。

じっとモニターを覗いていた角田が疑問を投げ掛けた。

「なんでひき逃げ見て店長になるの？　ブログを見た奴らがいっぱい来たのか」

「彼は何度も警察から、目撃証言を聞かれています」

「まあ、警察も犯人を逮捕しなきゃいけないからね」

「犯人逮捕後は刑事に聞かれています」

「犯罪を立証しなきゃいけないからね」

角田は当たり前すぎる受け応えを続けた。

「亡くなったお婆さんのために何度も聴取に応じる彼に、マイナスの発言で埋まっていたコメント欄にも好意的な意見が増えていきました」

確かに、最初の頃の愚痴ばかりのブログには〈嫌ならやめろよ〉というようなコメントが多かったが、目撃証言をしたことを記したのを境に、〈久しぶりに鳥肌立った〉〈毎日大変ですね〉〈大変でしょうけど頑張ってください〉〈あなたを必要としています〉というようなコメントが増えていった。右京が述べる。

「警察に頼りにされ、好意的なコメントが寄せられる。それが彼の自信に繋がったのでしょうかねえ」

「まあな。それで人生変わっちまうかもしれないねえ」

「しかし、これはどうでしょうねえ」右京が首を捻る。「何度も聞きに来た刑事に、彼は『遺族の無念を晴らせるのは君の証言だけだ』とまで言われています」

そろそろ老眼が進んできたのか、セル縁メガネをずりあげてモニターを見ながら角田が言った。

「目撃者に使命感持たせて供述とる戦法だな」

「通常、目撃者の聴取にここまで言うでしょうかねえ？」

「まあ、逮捕した犯人がごねてればするよ」

そんなものだ、と言わんばかりの角田を他所《よそ》に、右京が呟いた。

「目撃者の調書、読んでみたいですねえ」

四

翌日、右京と亨は調書を調べに大橋署に赴いた。使われていない会議室で段ボール箱に入った調書類の中から、千倉の目撃証言の調書が見つかった。それをとったのは片山《かたやま》遼《りょう》という刑事課の刑事だった。普通、ひき逃げは交通課が調べるのに、なぜ刑事課が？その疑問が頭をもたげたところへ、

「ここで何してるんですか」

と咎める口調でひとりの男が入ってきた。自己紹介をした右京と亨はその顔に見覚えがあった。千倉が殺された現場をふたりが初めて訪れたとき、そこに佇んでいた男だった。自ら名乗った男が当の片山だった。右京が調書を示して言った。

「片山さんですか。ちょうどよかった。伺いたい事があります。これなんですがね。まず三年前、佐野陽一さんを逮捕する前に行った実況見分です」

該当部分を享が読み上げる。

「〝倒れたお婆さんと走り去る赤い自転車を見た〟これは千倉博さんの証言ですね」

「次は佐野さんを逮捕する際の書類ですねえ」

右京の言葉を受けて、享が読む。

「〝被害者清水ハルさんを救護せずに逃走した被疑者佐野陽一の自転車を目撃した旨の証言を得た〟」

「そして、ええ、これがあなたが最後にとった千倉さんの証言です」

「〝その男は自転車でお婆さんに接触し、お婆さんを倒したあと、助けずに走り去りました〟」

迷惑そうな顔でそれを聞いていた片山に、右京がどこが問題なのかを解く。

「最初はですね、これ。〝倒れたお婆さんと走り去る赤い自転車を見た〟で、次が〝救護せずに逃走した〟、つまり、助けないで逃げたという事ですねえ。で、最後が〝お婆さんを倒したあと、助けずに走り去りました〟となっていますね」

片山は憮然として言った。

「大した差はないと思いますが」

「そうでしょうかねえ。僕には大きく変わってるように思えるのですがねえ」

亨が重ねる。

「明らかに、証言がエスカレートしています」

「その事件は三年も前に終わったはずですよ」

そう言って片づけようとする片山に、右京が反論する。

「本当に終わったのでしょうか？　僕はこの事件が今回の殺人事件を引き起こしたのではないか……そう思っているのですが」

亨が訊ねた。

「その後、千倉さんとはお会いになりました？」

「事件以来、会ってない」

その嘘は亨の次の言葉でたちまち破られた。

「二年前に訪ねてきませんでした？　自分が目撃証言をした時の事を聞きに。本にしたいからと言って。そう証言した人がいるんですが」

「そういえば来ましたね。もう二年も前なんで忘れてました」

そう言って片山は笑って誤魔化し、その場を立ち去った。

右京と亨は刑事課に行き、生田《いくた》という刑事課長に話を聞いた。平成二十二年二月に起こった自転車ひき逃げ事件を、生田はよく覚えていた。その頃、生田も片山と同じ捜査本部にいたのだという。

「あなたもひき逃げの捜査本部に？」

亨が訊ねると生田は首を振った。

「いえいえ。横川《よこかわ》議員が殺された事件です」

右京が相槌を打つ。

「ああ、ありましたねえ。その頃そんな事件が」

「そんな大事件の捜査本部にいたのに、なぜ片山刑事はひき逃げの捜査を？」

亨の問いに生田が答えた。

「駆り出されたんですよ。犯人が否認してたので」

「つまり、ひき逃げ犯を自白させるために？」と右京。

「ええ。片山が自白調書を作った数、うちの署では一番ですから。本人は迷惑がってましたけど」

「迷惑がっていた？」亨が聞き返す。

「そりゃあ、誰だってでかいヤマを追いたいですから、早く議員殺しの捜査本部に戻りたいって嘆いてましたよ」

議員殺しの捜査本部に戻るためには、ひき逃げ事件を早急に解決する必要がある……

片山が急いだ理由が、これで見えてきた。

一方、特命係の件で大橋署と清水稔からクレームが入っていると、警視庁の廊下を歩きながら中園が伊丹と芹沢に漏らした。

「特命が刑事や遺族を疑ってハッピーエンドになったためしがない。なんで特命にそう勝手をさせておくんだ！」

中園が八つ当たりする。

「でも、参事官が放っとけって」

伊丹が口答えをすると、中園が憤慨した。

「そんなもん、放っておけるか！」

そこで芹沢が提案した。

「じゃあ、特命係に捜査させてみたらどうですか？」

「ふざけるな！　言っていい冗談と悪い冗談がある」

と一喝された芹沢が、中園に耳打ちする。

「あ、いやいやいや。ですから……」

その芹沢の提案は即座に実施された。刑事部長室に呼び出された右京と享は、佐野と清水のアリバイの裏付け捜査を命じられたのだ。

「おまえら、ふたりに勝手にアリバイを聞いたんだろ？　だったら、最後まで責任持って捜査しろ」

中園がしてやったりという顔をした。

「本来なら捜査本部がやるべき捜査をお前たちにやらせてやるんだ。ありがたいと思え」

刑事部長の内村完爾が恩着せがましく言った。

「でも、普通こういう目撃者探しって、五十人態勢とかでする捜査じゃ……」

享の抗議は一切無視され、

「以上！　健闘を祈るよ」

のひと言で刑事部長室を追い出された。

ほくそ笑んだのは伊丹と芹沢であった。

「おまえも悪い奴だなあ。あんな時間と人手のかかる捜査を特命に振って」

伊丹が廊下を歩きながら芹沢に言った。

「だってこっちの捜査の邪魔されたら困るじゃないですか。でしょ？」

いつも特命係に対しての甘さを伊丹に突っ込まれるばかりの芹沢だが、今回ばかりは倍返しをした形になった。

ところが翌日、その芹沢の意図をひっくり返すことが起きた。佐野のアリバイを裏付ける証人が、あっという間にふたりも出てきたのである。

ひとりは公園で営業している移動式の弁当屋だった。この仕事を始めたばかりだという牟田勉《むたつとむ》という六十絡みの男に、享が佐野の写真を見せたところ、一昨日のお昼時に確かに公園で見かけたというのだ。

もうひとりは公園にブルーシートのテントを張って暮らしているホームレスだった。

「公園でこのようなものを使うのは条例で禁止されてますよ」

カセットコンロでラーメンを煮ていたそのホームレス、岡英彦《おかひでひこ》に右京が警告すると、岡は慌てて、ホームレスになりたてでいろんなルールを知らないから勘弁して欲しいと弁解した。そんな岡に右京が人さし指を立てて訊ねた。

「ひとつ、よろしいですか?」

「ひとつ?」

「一昨日。つまりおとといですが、この時間、あなたはこちらにいらっしゃいましたか?」

「いたけど、ラーメン作ってない。これも初チャレンジ」

「その時、この人を見かけませんでしたか?」

右京が佐野の写真を出すと、岡は即座に答えた。

「見たけど」

合流したところで享が意外そうな顔で言った。

「まさかこんなに早く見つかるなんて。それもふたりも。佐野さんのアリバイ成立ですね」

右京も頷いた。

「ええ。まるで奇跡のようです」

五

「一体どうやって見つけたんだ？　こんなに早く」

特命係のふたりから牟田と岡のアリバイ証言の報告を受けて、伊丹が絶句した。

「すごい。普通、無理っすよ」

意図が見事に外れた芹沢も、驚きを隠せなかった。

「お役に立てて何よりです」

慇懃《いんぎん》に頭を下げる右京に、芹沢が思い出したように言った。

「あ、大橋署の刑事とひき逃げの被害者遺族、犯人扱いしましたよね？」

「やはり苦情が来ましたか」と右京。

「その遺族の清水さん、目撃者の美久さんに確認したら、この人かもって言っていました」

清水の写真を出して享が言った。

「何？」伊丹が聞き返す。

「でも以前は、佐野さんかもしれないとも言っていました」

享の言葉に伊丹が眉根を寄せて言った。

「あの女、捜査を混乱させようとしてるのかもしれねえな」

そのとき、伊丹の携帯が鳴った。

「うん、わかった。すぐに行く……ああ！　特命係にはこの事を伝えるなよ。いいな」

「米沢さんですか？」

図星を指された伊丹は、

「教えません」

と言い捨てて、芹沢を連れて出ていった。

「やっぱり美久さんの記憶、曖昧なんですかね」

ふたりを見送ったところで享が言った。

「もうひとり、美久さんに確認してみましょうか」

「はい」

右京の言葉に享が頷いた。

鑑識課を訪れた伊丹と芹沢に、米沢は復元した千倉の携帯のデータと、最後に美久に送ったメールを見せた。そこにはこうあった。

〈金を返して欲しい。出版のめどが立った。12時にいつもの公園に来て欲しい。〉

一方の右京と享は、〈カフェRANDY〉に行き、美久に片山の写真を見せた。すると美久は、

「この人……だったかもしれません」

右京は佐野と清水の写真を示した。

「あなたはこのふたりに対しても、同じ事を言ってますよねぇ」

「そもそも、あなたはその男の顔をちゃんと目撃したんですか？」

享が追及すると、美久は困った顔で、

「警察の人に、この人じゃなかったかって聞かれたら、はっきり違うとは答えにくいし……」

と優柔不断な言葉を口にした。

そのとき、背後から伊丹の咳払いが聞こえた。

「それは、何かを隠してるから？」

芹沢が復元した千倉のメールの写しを示して言った。

「これ、あなたが消しちゃった彼からのメール」

「〝金を返して欲しい。出版のめどが立った〟」

享がそれを覗き込んで読み上げる。

「しれっと読んでんじゃねえよ」

伊丹に叱られて、享は軽い調子で謝った。

「これ、どういう意味なのかなあ？」

美久に迫る芹沢を、伊丹が牽制する。

「おい、特命係の前で聞いちゃダメでしょう」

「そうでしたー」

佐野のアリバイの裏付けがあっさり取れたことに勢いを得た右京と享は、続いて清水の方にも取りかかったが、こちらは難航していた。

「さすがに奇跡は二度続けて起きませんね」

清水の写真を手に、営業先の地区の住人に片っ端からあたりながら、享がぼやいた。

「しかし本来はこれが普通です」

右京の言葉に享が頷いた。

「ええ。佐野のときがツキすぎていたんですよね」

右京がそれに反論する。

「いえ、目撃証言とは本来、非常に得難く、たとえ聴取できたとしてもかなり曖昧だということです」

「何が言いたいんです？」

　享が怪訝そうな顔で訊ねた。

「三年前、千倉さんの目撃証言は、片山刑事に誘導された可能性があります。そして今回、美久さんの目撃証言も二転三転しています」

「ええ」

「しかし、曖昧でなかった目撃証言もありました」

「え？　あっ！」享も気が付いたようだった。

「そう、それこそ、奇跡のような目撃証言が」

　右京の目が光った。


　伊丹と芹沢は、美久を警視庁に連行し、取調室に入れた。

「三年前のひき逃げ犯の佐野。被害者遺族の清水さん。そして、佐野を取り調べた片山刑事。あなた一体、誰を見たの？」

　芹沢の質問にだんまりを決め込む美久を、伊丹が恫喝した。

「本当は誰も見てないいんじゃないのか？　いつまでもしらばっくれてるんじゃねえよ！」

　美久は泣き声で言った。

「見ました！　でも、顔はよく見えなかったんです」

そこへ芹沢が二枚の写真を出して訊ねた。

「千倉さんと野島くんに、二股かけてるよね？」

美久は心外だと言わんばかりに否定した。

「二股って……だから、ふたりともいいお友達です」

その言葉を伊丹が逆手にとる。

「どっちが本命のいい友達なんだ？」

芹沢が迫る。

「金を借りてた千倉さん？　その金を貢いでた野島くん？　普通、貢いでた野島くんが本命だよね？」

「そんな時に千倉さんに返済をせがまれた」伊丹が例のメールの本文を読み上げた。

「それであんた、あの公園に呼ばれて千倉さんを殺したんだな？」

美久は泣きながら訴えた。

「私が千倉さんを殺すわけないじゃないですか！」

右京と享は佐野を再び職場の近くに呼びだした。享が差し出した二枚の写真、弁当屋の牟田とホームレスの岡の写真を指して、右京が口火を切った。

「このふたりの目撃証言者を調べました」

　享が続ける。

「結果、あなたと同じ刑務所出身でしたが、それは偶然ですか？」

　右京が岡の写真を指して言った。

「彼は最初に会った時にこう言いました」

　――ホームレスなりたてでさ。

　享は牟田の写真を掲げた。

「そして、彼もこう言っていました」

　――この仕事始めたばかりだからねえ。

　右京が佐野を見た。

「それを聞いた時、あなたの言葉を思い出しました」

　――刑務所出たばかりなんで、この歳でも新人なんです。

「新人のこのふたりに再びお会いして、厳しく事情を伺いました」

　右京と享は公園でふたりを前にして、両者とも佐野と服役期間が重なっていること、佐野に頼まれて嘘の目撃証言をしたとしたら、保護観察中の身でどうなるかを示唆し問い詰めたら、ふたりともお金が欲しかったし、警察にも恨みがあったから、とそれを認めたのだった。

「嘘の目撃証言……」

　右京と亨からその話を聞いた佐野は、虚ろな目で繰り返した。

「ええ、あなたが頼んだ」

　亨が追いつめると、佐野は人が変わったように声を荒らげた。

「その目撃証言のせいで、私は人生を奪われたんだ！」

「ええ、確かに。それで？」

　右京に冷静な声で促され、佐野は事実を話し始めた。

「そいつを見つけるのは簡単だったよ。出所したあと、〈平成二十二年二月　自転車ひき逃げ〉で検索したらすぐに見つかった。俺をひき逃げ犯と決めつけたブログで、いろんなコメントがついてて勝手に盛り上がってたよ」

「あなたはそのブログを見たあと、何をしたんですか？」

　亨が問い詰める。

「書いた奴にコンタクトを取ろうとしたよ」

「ところが、すでに更新はされていなかった」

　右京の言葉に佐野が頷いた。

「ああ。だから、そのブログにあったカフェに行った。その目撃者に聞いてみたかったんだ。俺が本当にひき逃げするところを見たのかって！」

仕事を終えて美久と待ち合わせるため〈カフェＲＡＮＤＹ〉を出る千倉のあとを、佐野はつけた。そして公園の石段のところで声をかけた。佐野の顔を見た千倉は言った。

「誰ですか？」

その瞬間、佐野の頭は真っ白になった。この男は、俺の顔を見たことがなかったのだ。それなのに……。

気がつくと手にレンガを持っていた。そしてそのレンガには、千倉の血糊がべったりとついていた。

佐野は腸《はらわた》から絞り出すような声で言った。

「女房や子供も出ていって家まで手放して……俺は人生を棒に振ったんだ。みんなあいつのせいだ。だが、奴は俺の顔すら覚えてなかった。いや、知らなかったんだ。何が目撃者だ！」

激する佐野に、右京は静かに言った。

「いいですか。人が不当な目に遭った時、最もしてはいけないのは不当な方法による復讐です。なぜしてはいけないかわかりますか？　それは、あなたが最初に受けた不当を誰も不当だと思わなくなってしまうからです。それどころか〝やっぱりそういう人間だったんだ〟とあなた自身が思われてしまうからです」

顔をくしゃくしゃにした佐野に、享が言った。

「あなたを逮捕しなければなりません」

「残念ですねえ」

右京の言葉に、佐野は発作を起こしたように泣き崩れた。

六

右京と享には、まだ行かなければならない所があった。

「またあなた方ですか。もういい加減にしてくださいよ」

大橋署の前で待ち伏せていたふたりを見て、片山は顔を顰めた。そんな片山に、享が言った。

「佐野陽一が千倉さん殺害容疑で逮捕されました」

片山は一瞬驚いた顔をした。享が続ける。

「佐野は嘘の目撃証言をしたと、千倉さんに復讐したんですよ」

片山は隠しきれない動揺を抑えて、しれっと言った。

「犯人が捕まってよかったじゃないですか」

その顔を見て、享が気色ばんだ。

「なんだと?」

片山に摑み掛かろうとした享の肩を、右京が押さえて言った。

「確かに佐野陽一の行った行為は許されるものではありません。しかし、三年前にあなたが千倉さんの証言を誘導さえしなければ、佐野陽一が刑に服する事も、今回の殺人も起きなかったんですよ」

片山はいきなり官僚的な口調になって、胸を張った。

「私はやるべき事をやっただけだ！　あんたら同じ警察官ならわかるでしょう」

「わかんねえよ！」

「カイトくん！」

反射的に食ってかかろうとした享の腕を、再び右京が押さえた。そしてカイトの数倍激しい怒りを込めて、右京は片山を睨んだ。

「いいですか。われわれ警察官は、自らの過ちによって簡単に人の人生を狂わせる事があるんですよ。そんな事もわからない警察官と他の警察官たちを、一緒にしないでもらいたい！」

右京の一喝は、片山を通り越して大橋署に響き渡った。

警視庁に戻った右京と享は、鑑識課を訪れた。そしてパソコンの前に突っ伏して熟睡する米沢の背後に立った。周囲には栄養ドリンクの空き瓶が数本転がっていた。

「米沢さん」享が声をかけると、米沢はハッと顔を上げた。「仕事中に居眠りですか？」

亨と右京の顔を交互に見て、米沢がメガネをかけ直して言った。

「すいませんでした。どなたかのせいで徹夜だったもんですからね」

「それは大変でしたね」

しれっと声をかける右京を、米沢は恨めしげに見た。

「他人事《ひとごと》ですか？」

そんなことはお構いなしに、右京が続ける。

「それはともかく、例のパスワード、わかったとか」

「ええ。でも、犯人はもう捕まったんですよね？」

理不尽な思いで、米沢はパソコンのマウスを握った。

「一応、確認しておきたいのですが」

右京の有無を言わせぬ口調に負けて、米沢がパスワードを打ち込んだ。

〈H22022TUE……〉

すると画面に単行本のタイトルが現れた。

『あの日、僕は目撃者になった』

著者は千倉博、出版社は二見《ふたみ》出版。おそらくは自費出版の会社だろう。

「これ、お読みになりますか？」米沢が訊ねる。

「よろしいですか？」

米沢に席を譲られた右京は、マウスを動かして本文を読んだ。その中にはこういう文章があった。

〈ブログではコメントなどで持ち上げられ、いい気になってしまう。ネットのような双方向ではなく、出版という一方通行のメディアを選んだのは、そうならないためです。つまり、私は警察に頼りにされ、被害者遺族から礼状をもらい、すっかりいい気になっていたのです。そんな私を変えたのは、ブログに来たコメントでした。〝目撃証言を絵にしてアップしたらまた盛り上がるんじゃないですか？〟……私はそれきりブログを書けなくなりました。なぜなら、絵に出来なかったからです。私はお婆さんが自転車にはねられた瞬間を見ていなかった。いつの間にか、その瞬間を本当に見た気になっていた。なぜ私は嘘の証言をしてしまったのか。本当は何があったのか。この本は三年前の自分を告発するための本です〉

「あっ、これ、途中で終わってますね」

享が指した箇所は、〝第六章〟とあり、たった一行のみであとは空白になっていた。

その一行を享が読み上げる。

「〝私の証言で禁錮三年の罪になった人がいる。〟……」

その夜、行きつけの小料理屋〈花の里〉を訪れた右京と享は、どこか遣る瀬無い思いった。

にとらわれていた。

「千倉さん、最後に何を書こうとしたんでしょうねえ」

プリントアウトした千倉の遺稿を、享が読み上げるのを聞いて、女将の月本幸子が言
「自分の証言で罪になった人がいる……そう思ったら、それ以上書けなくなってしまいますね」

右京が改まった口調で言った。

「三年前に何があったのか。その真実を明らかにしたかったのであれば、千倉さんはどうしても佐野さんに会う必要があったはずです」

享が応える。

「ええ。でもそれって、すごい勇気がいる事ですよね」

「しかし、出版の準備を進めていたという事は、もうその決心がついていたのかもしれませんねえ」

享がカウンターに両肘を突いて言った。

「もし千倉さんから先に会いにいっていれば、こんな事件起きなかったんでしょうね」

その言葉に、右京は盃をゆっくり傾けた。

「やりきれない事件ですねえ」

そのとき、カウンターの奥に入っていた幸子が茶碗をひとつ掲げてきた。

「カイトさん。お茶漬けです、どうぞ」

「ありがとうございます」

それを横目で見ていた右京が、恨みがましく言った。

「おや。僕もお茶漬け頼んだはずですがね」

「あら！　ごめんなさい、私とした事が。すぐお作りしますね」

悪びれるでもなく謝る幸子に、享が〝目撃証言〟を与えた。

「いや、杉下さん、頼んでないですよ」

「はい？」

「お茶漬け、頼んでないですよね」

同意を求められた幸子が困った顔で右京に訊ねた。

「お召し上がりになりますか？」

「いや、結構」

「よかったら俺の分、半分食べます？」

「いや。本当に結構」

憮然としたまま頑なに断る右京がなんだか可愛くもあり、また申し訳なくも思った享であった。

解説

国民的ドラマを愛せる幸せ

辻村深月

数年間、まだ実家でOLをしながら兼業作家をしていた頃、一緒に住んでいた妹が、新聞のテレビ欄を見ながら「あ！　今日『相棒』の再放送がある！」と声を上げた。ちょうど、シーズン5が終わった直後の2007年頃のことだ。シーズンとシーズンの合間の再放送をとても楽しみにしていたらしく、いそいそと録画予約を始める妹の姿を、その時『相棒』未体験だった私は「ふうん。あのドラマ、おもしろいのか」くらいの気持ちで眺めていた。

その夜、妹の部屋で、仕事をしながらなんとなく彼女と一緒に『相棒』を〝ながら見〟していた私は、それから三十分もしないうちにパソコンを閉じ、テレビの前に身を乗り出していた。

——なんだ、これ！　すごい。

胸を撃ち抜かれた。

杉下右京というキャラクターのなんとかっこいいこと！　彼のセリフ回しに魅せられ、鮮やかに事件の導入に引き込まれる。脚本もすごい。こちらの予想を超えて事件が何層にも動き、途中、「うわー、これ、あれの伏線だったのか！」と鳥肌が立つような驚きに何度も襲われる。ラストには、「こんなことされたら泣いちゃうよ」と胸にぐっとくる、それでいて大人の抑制の効いた結末が描かれ、一話観終える頃には、私はすっかり『相棒』の世界に魅了されていた。

言葉がなかった。それは、こんなクオリティーのドラマが毎週放送されていたのか、という驚きと、それをこれまで知らずにいたことの悔しさ、それに、仮にもミステリを書くことを仕事の一部にしているのに……という自分の不明を恥じるようなふがいなさがごちゃ混ぜになった気持ちだった。とにかく、とんでもないものを観た、という思いだった。

そんな私に、『相棒』の初期の頃からのファンである妹が、「他にも録画してある回があるから見る？」と、ビデオを貸してくれた。それらを一緒に観ながら、「たまきさんは右京さんの元奥さんなんだよ」とか、「亀山くんと美和子さんは別れてた期間もあって、あの時はショックだった」、「この事件の犯人の動機って、これまでドラマとかだと扱われてこないものだった気がして鳥肌が立ったんだ！」などなど、解説を加えてくれる。その表情がとても生き生きと輝いていて、私もふむふむ、と聞き入った。

以来、妹を『相棒』の先生に、私は『相棒』ファンである。妹とは、今はもう分かれて住んでいるけれど、シーズン放映があると、「あの回どうだった？」などと必ず話し、映画の上映があれば一緒に観に行く。仕事がどれだけ立て込んでいても、「あ、昨日録画した『相棒』を観られる」と思えば、やる気にもなって、ああ、あの頃再放送を楽しみにしていた妹も、日々の仕事の合間に『相棒』から活力をもらっていたんだな、と感じる。

『相棒』シリーズを〝国民的ドラマ〟と呼ぶことに抵抗を感じる人は、まずいないだろう。そして、国民的ドラマである、ということは、こういうことなのだ。それは、ただ単に多くの人から支持されている、ということではなくて、こんなふうに愛情を持って語ることの幸せを、一人一人がそれぞれの形で持っている、ということに他ならない。家族だったり、友人だったり、同僚だったり。優れたドラマはそれだけで人の距離を近づけ、私たちの共通言語になる。

シーズン12は、新相棒・甲斐享を迎えての2シーズン目。

その前のシーズン11が、甲斐くんがどんな「相棒」なのかということの顔見せを兼ねた新相棒誕生期だったと考えると、今作は、彼と右京さんの掛け合いがすっかり視聴者にとってもお馴染みになった上での〝成熟期〟である。

第一話、ネットスラングが文字として流れる夜の交差点を歩く甲斐享の姿に、息を呑んだファンは多かったのではないだろうか。かくいう私もその一人。あれは、まさに〝今〟の空気を吸ったドラマの冒頭だった。

『相棒』には、いつもこういうところがある。物語をテレビだけのものにしておかない。私たちの現実まで巻き込んだ大きな枠組みの中で、普遍的な謎解きの魅力や人間ドラマを描きながらも、時に問題提起し、すぐそばにある私たちの〝今〟を脚本や演出の中に鮮明に炙り出す。それは、怒りや熱を感じるほどに鋭く、時には痛いほどだ。

この画面を見ながら、視聴者は思う。あの甲斐くんがなぜ、〝火の玉大王〟と名乗る怪しげな陰謀論者のもとになど通うのか？

これまでのシーズンで二人の関係性を知った上で提示される謎に、たちまち引き込まれるこのスタートは衝撃的だった。

この本に収録された7つの話には、他にも『相棒』を観る醍醐味がぎゅっと濃縮されたものが多く並ぶ。

天才的な数学者が、その才能ゆえに何をやったかが描かれる「殺人の定理」は、天才の苦悩と倫理観がいかにも〝『相棒』の犯人〟としての風格に満ちた傑作だ。

また「エントリーシート」では、被害者となった女子大生の内面が実に細やかに描かれていて、これもまた、定型通りの感情だけを描かない『相棒』の脚本のよさが思う存分発揮されている。これは、「目撃証言」でブログを更新していった若者の心理とも重なる。一筋縄ではいかない後ろ暗さや、言葉を尽くしても伝わるかわからない種類の感情を、これらの話は、圧倒的な物語の形にして、私たちに届けてくれる。

そして、「右京の腕時計」は、杉下右京という名キャラクターの魅力が生きた、ファンにとっては垂涎《すいぜん》ものの一話。愛着のある時計と右京がどう付き合ってきたのかが公認高級時計師（ＣＭＷ）・津田と右京の関係性から伝わり、津田のひたむきで誠実な職人としての態度と、殺人という許されざる罪とに右京がどう臨むのかが描かれる。杉下右京が魅力的なのは、その性格と物差しにブレがないからだ。彼の中に引かれた、「許せないものには毅然とノーを言う」一本の明確な線が、シリーズ全体をこれまでも牽引してきた。

私はこれらの話をどれも、自分へのとびきりのご褒美のような気持ちで、毎週楽しみに観てきた。

今年6月、有楽町にある東京国際フォーラムで『相棒』コンサート「響」が行われた。これは、ドラマの音楽を担当する池頼広さんの指揮のもと、オーケストラによる生演奏と、スクリーンに映し出される『相棒』の映像を楽しむもの。開催が告知されてすぐ、私はチケットを求めて奔走した。

当日、どうにか入手できたチケットを握りしめ、妹を誘って会場に一歩入ると、たくさんの人の姿に妹が感嘆の声を漏らした。

「ここにいる人たちはみんな、『相棒』が好きなんだね」

もちろん、来ていたファンはごく一部で、その向こうにはまだまだたくさんのファンがいるのだろうけど、私も同じ気持ちだった。これだけたくさんの人が、私たちのように、今日を楽しみにこの場所にきている臨場感に、胸がいっぱいになる。

生演奏の迫力はものすごく、そこに流れる映像の魅力と相まって、とんでもなく感動的だった。途中、伊丹刑事を演じる川原和久さんと中園参事官を演じる小野了さんのご登場があったりして、会場は大いに沸いていた。

ラスト、アンコールの拍手に応えて始まった映像には、心を鷲掴みにされた。ロングバージョンの『相棒』テーマ曲に合わせて、歴代のシーズン1から、その時最新だったシーズン12までのオープニング映像が流れるのだ。

――ああ、この時のシリーズから私はリアルタイムで見始めたんだった。――この時にはそうだ、亀山くんがいなくなったんだよね。――ああ、このシリーズは相棒が不在で、そして次に神戸くんが……。――そしてああ、とうとう今の甲斐くんが来た！

それぞれのシリーズにどんな話があったかを思い出しながら見守る『相棒』の歴史は、それを見てきた自分のことを振り返る歴史でもあり、最後、演奏の終わりとともに金色の紙ふぶきがバン！　と吹き出した瞬間、私は妹と一緒に、もうほとんど泣いていた。「おねえちゃん、コンサートつれてきてくれてありがとう」と言う妹に、「ううん。私の方こそ、『相棒』を教えてくれてありがとう！」と答えて、互いに手を取り合う。大げさに思われるかもしれないが、この時、私はとても嬉しかった。同じようなことが、会場のあちこちで起きていたと思う。

誰かと語り合い、それを楽しみにすることで毎日を頑張れたりするものが、自分にあることは尊い。国民的ドラマを愛することの幸せが、そこにはある。

次に誰が杉下右京の相棒になるか、ということまでがニュースになって騒がれる国民的ドラマ『相棒』だが、以前、妹や友人たちと話していて、「どの相棒が一番好きなの？」と聞かれたことがある。「ええー、誰だろう」と考えこむ私の横で、妹が困ったように首を横に振っていた。

「私、どの相棒もそれぞれみんな好きだから、そういう質問困るんだ。選べないんだ」

本当に困り果てた様子でそう答える彼女の姿に、その時、気づいた。

『相棒』は、おそらく、シリーズ全部を通じて、常に〝今〟が一番おもしろい。放映を待ちわびる、その都度都度の一話一話の楽しみが、一番を常に更新していく。

今放映中ならば、そのシリーズが最高におもしろく、次のシリーズが放映予定ならば、おそらく、その最新作がまた最高を塗り替えるのだろう。

それを心待ちにできる私たちファンは、幸せである。

（つじむら　みづき／作家）

相棒 season 12（第１話〜第７話）

STAFF
ゼネラルプロデューサー：松本基弘（テレビ朝日）
プロデューサー：伊東仁（テレビ朝日）、西平敦郎、土田真通（東映）
脚本：輿水泰弘、櫻井武晴、戸田山雅司、徳永富彦、金井寛、
　　　飯田武
監督：和泉聖治、近藤俊明、東伸児
音楽：池頼広

CAST
杉下右京……………………………水谷豊
甲斐享……………………………成宮寛貴
月本幸子…………………………鈴木杏樹
笛吹悦子……………………………真飛聖
伊丹憲一…………………………川原和久
三浦信輔…………………………大谷亮介
芹沢慶二…………………………山中崇史
角田六郎……………………………山西惇
米沢守……………………………六角精児
大河内春樹………………………神保悟志
中園照生……………………………小野了
内村完爾…………………………片桐竜次
甲斐峯秋…………………………石坂浩二

制作：テレビ朝日・東映

第１話　　初回放送日：2013年10月16日
ビリーバー
STAFF
脚本：輿水泰弘　監督：和泉聖治
GUEST CAST
猪瀬幸徳……………石田卓也　綾辻隆一………………忍成修吾

第２話　　初回放送日：2013年10月23日
殺人の定理
STAFF
脚本：金井寛　監督：和泉聖治
GUEST CAST
肥後一二三…………岡田義徳　大倉浩一………………山本剛史

第３話　　初回放送日：2013年10月30日
原因菌
STAFF
脚本：櫻井武晴　監督：和泉聖治
GUEST CAST
円浩次 ………………赤塚真人　浦川正一郎……………朝倉伸二
会田遥香 …………於保佐代子　水倉和弘………………吉永秀平

第４話　　初回放送日：2013年11月６日
別れのダンス
STAFF
脚本：戸田山雅司　監督：東伸児
GUEST CAST
須永肇 ………………大澄賢也　今宮礼夏…………………陽月華

第5話
初回放送日：2013年11月13日

エントリーシート

STAFF

脚本：金井寛　監督：近藤俊明

GUEST CAST

北川奈月 …………岩田さゆり　紀平浩一…………………斉藤祥太
高林真理 ……………近野成美

第6話
初回放送日：2013年11月20日

右京の腕時計

STAFF

脚本：徳永富彦　監督：近藤俊明

GUEST CAST

津田陽一 ……………篠田三郎　藤井守…………………井上純一
関一真 ………………辰巳蒼生

第7話
初回放送日：2013年11月27日

目撃証言

STAFF

脚本：飯田武　監督：東伸児

GUEST CAST

佐野陽一 ……………小松和重　片山遼…………………井田國彦
東海林美久 …………菅野莉央　清水稔…………………ヨシダ朝
千倉博 ………………藤間宇宙

相棒《あいぼう》 season12 上
朝日文庫
2014年10月30日　第1刷発行

脚　　本　輿水泰弘《こしみずやすひろ》　櫻井武晴《さくらいたけはる》　戸田山雅司《とだやままさし》
徳永富彦《とくながとみひこ》　金井寛《かないひろし》　飯田武《いいだたけし》
ノベライズ　碇《いかり》 卯人《うひと》

発行者　首藤由之
発行所　朝日新聞出版
〒104-8011　東京都中央区築地5-3-2
電話　03-5541-8832（編集）
03-5540-7793（販売）
印刷製本　大日本印刷株式会社

定価はカバーに表示してあります

ISBN978-4-02-264748-1
落丁・乱丁の場合は弊社業務部（電話03-5540-7800）へご連絡ください。
送料弊社負担にてお取り替えいたします。